Cândido ou o Otimismo

O Ingênuo

VOLTAIRE

Cândido ou o Otimismo

O Ingênuo

Tradução
Antonio Geraldo da Silva

Lafonte

Título original: *Candide ou l'optimisme – L'Ingénu*
Copyright da tradução © Editora Lafonte Ltda., 2020

ISBN: 978-65-86096-93-4

Todos os direitos reservados.
Nenhuma parte deste livro pode ser reproduzida sob quaisquer meios existentes sem autorização por escrito dos editores.

Direção Editorial	*Ethel Santaella*
Tradução	*Antonio Geraldo da Silva*
Revisão	*Nazaré Baracho*
Revisão de capa	*Rita del Monaco*
Diagramação	*Demetrios Cardozo*
Imagem de Capa	*karakotsya / Shutterstock.com*

Dados Internacionais de Catalogação na Publicação (CIP)
(Câmara Brasileira do Livro, SP, Brasil)

```
Voltaire, 1694-1778
   Candido, ou, O otimismo ; Ingênuo / Voltaire ;
tradução Antonio Geraldo da Silva. -- São Paulo :
Lafonte, 2020.

   Título original: Candide, ou L'optismisme ;
L'Ingénu
   ISBN 978-65-86096-93-4

   1. Romance francês 2. Sátira francesa 3. Voltaire,
François Marie Arouet de, 1694-1778 I. Título.
II. Título: O otimismo. III. Título: Ingênuo.

20-41704                                      CDD-843
```

Índices para catálogo sistemático:

1. Romances : Literatura francesa   843

Cibele Maria Dias - Bibliotecária - CRB-8/9427

Editora Lafonte
Av. Profª Ida Kolb, 551, Casa Verde, CEP 02518-000,
São Paulo-SP, Brasil - Tel.: (+55) 11 3855-2100,
Atendimento ao leitor (+55) 11 3855- 2216 / 11 – 3855 - 2213 – *atendimento@editoralafonte.com.br*
Venda de livros avulsos (+55) 11 3855- 2216 – *vendas@editoralafonte.com.br*
Venda de livros no atacado (+55) 11 3855-2275 – *atacado@escala.com.br*

Índice

Apresentação 7
Cândido ou o Otimismo 9
O Ingênuo 97

Apresentação

Cândido é um conto, um dos muitos escritos por Voltaire. Trata-se de uma das obras mais conhecidas deste autor, na qual Voltaire traduz uma série de atitudes comportamentais do ser humano, atitudes que têm seu fundamento em princípios definidos pela sociologia, pela antropologia e pela filosofia. Com sua arte e com seu estilo que se reportam à liberdade de pensar e de expressar ideias, com uma admirável sutileza, quando não com uma veemente invectiva, consegue trazer à tona a realidade da vida que se desenvolve em vicissitudes que fazem do homem vítima e herói, concomitantemente, de seu próprio existir e coexistir. *Cândido* foi escrito por Voltaire contra seus opositores que o criticavam acerbamente por causa de suas posições sociológicas, políticas e filosóficas. Às críticas, Voltaire, de imaginação fértil e pena fácil, responde com um conto. Com fina ironia, sem deixar de lado o sarcasmo e, com frequência, extremamente mordaz, cria uma fantasia inglória para a sociedade de seu tempo, defendida por seus adversários. Trata essa sociedade como estúpida, fora do contexto real de uma verdadeira sociedade ideal, sustentando-se sobre pilares de hipocrisia, falsidade, corrupção, violência, ódio, ciúmes, imoralidade, favorecimentos, falcatruas e outros semelhantes(pode-se substituir por semelhantes)produzidos por um modelo multissecular de domínio de um sistema político decadente e de uma religião que insistia em buscar a Deus, não pelos princípios evangélicos, mas por meio do poderio, da dominação, da subjugação, de inverdades absolutas e do dinheiro.

Precisamente por isso é que se observa em *Cândido* a contraposição de ingenuidade e esperteza, desapego e ganância, delicadeza e violência, amor e ódio, simpatia e crueldade e outros paradoxos da existência humana, tudo dentro de um quadro com as cores da ironia, do sarcasmo e até mesmo da virulência. Esse quadro da realidade humana é apresentado com inserções de cunho filosófico que levam os personagens deste conto a buscar causas e efeitos de qualquer coisa, a razão suficiente do que se pensa e se faz, a ética ou a moral do que é feito. O conto em si pode ser visto como um espelho do irreal e, na verdade, reflete a irrealidade ou a farsa de realidade que o mundo da época de Voltaire vivia.

O Ingênuo – segundo conto deste volume – segue, aproximadamente, a mesma linha de pensamento, embora se calque na onda de indianismo que se propagou na França do século 18. Neste escrito, Voltaire ressalta a pureza de princípios dos índios americanos, contrapondo esses princípios às ridículas e desgastadas convenções sociais e políticas da Europa da época.

Estes dois contos de Voltaire mereceram aplausos quando de sua publicação. O leitor, atento e crítico, não poderá furtar-se a repetir esses aplausos. E com entusiasmo.

Ciro Mioranza

Cândido ou o Otimismo

*Traduzido do texto alemão do Dr. Ralph,
com os adendos que foram encontrados
no bolso do doutor, quando de sua morte
em Minde, no ano da graça de 1759.*

Capítulo I

Como Cândido foi criado num lindo castelo e como foi dele expulso

Havia na Vestfália, no castelo do barão de Thunder-ten-tronckh, um jovem que a natureza tinha dotado dos mais brandos costumes. Sua fisionomia revelava sua alma. Dotado de bom senso, espírito simples, por essa razão, acredito, o chamavam de Cândido. Os antigos criados da casa desconfiavam que fosse filho da irmã do barão e de um bom e honrado cavalheiro da vizinhança, com quem esta moça jamais consentira em casar-se, porquanto ele só conseguira provar a legitimidade de setenta e um graus de geração, pois o resto de sua árvore genealógica havia sido destruído pelas injúrias do tempo.

O barão era um dos mais poderosos senhores da Vestfália, pois seu castelo tinha uma porta e janelas. A sala nobre ostentava até uma tapeçaria. Todos os cães de suas dependências compunham, em caso de necessidade, uma matilha; seus palafreneiros eram seus supervisores; o vigário da aldeia era seu capelão especial. Todos o tratavam de monsenhor e riam quando contava casos.

A senhora baronesa, que pesava cerca de trezentas e cinquenta libras, granjeava com isso elevada consideração e fazia as honras da casa com uma dignidade que a tornava ainda mais respeitável. Sua filha Cunegundes, de dezessete anos, era muito corada, viçosa, rechonchuda, apetitosa. O filho do barão parecia em tudo digno do pai. O preceptor Pangloss era o oráculo da casa, e o pequeno Cândido escutava suas lições com toda a boa fé de sua idade e de seu caráter.

Pangloss ensinava metafísico-teólogo-cosmolonigologia. Provava de modo admirável que não há efeito sem causa e que, neste que é o melhor dos mundos possíveis, o castelo do senhor barão era o mais belo dos castelos e a senhora baronesa, a melhor das baronesas possíveis.

"Está demonstrado, - dizia, - que as coisas não podem ser de outra forma, pois, uma vez que tudo é feito para um fim, tudo é necessariamente feito para o melhor dos fins. Reparem que o nariz foi feito para sustentar óculos. Por isso usamos óculos. As pernas foram visivelmente instituídas para vestirem calças; por isso usamos calças. As pedras foram formadas para serem talhadas e para construir castelos; por isso o senhor barão tem um castelo lindíssimo. O maior barão da província deve ter a melhor moradia. E ainda, como os porcos foram feitos para serem comidos, comemos porco o ano inteiro. Por conseguinte, aqueles que afirmaram que tudo está bem disseram uma tolice; deveriam, na realidade, dizer que tudo está da melhor forma possível."

Cândido ouvia atentamente e, inocente, acreditava, pois achava a senhorita Cunegundes extremamente formosa, embora jamais tivesse tido a ousadia de dizer isso a ela. Concluía que, depois da ventura de ter nascido barão de Thunder-ten-tronckh, o segundo grau de felicidade era ser Cunegundes. O terceiro, vê-la todos os dias. E o quarto, ouvir o mestre Pangloss, o maior filósofo da província e, por conseguinte, de toda a terra.

Um dia, ao passear nas cercanias do castelo, no pequeno bosque chamado parque, Cunegundes viu entre as moitas o doutor Pangloss dando uma aula de física experimental à camareira de sua mãe, moreninha muito bonita e muito dócil. Como a senhorita Cunegundes tivesse grande inclinação para as ciências, observou, prendendo a respiração, as repetidas experiências de que foi testemunha. Viu claramente a razão suficiente do doutor, os efeitos e as causas, e retornou toda agitada, muito pensativa, totalmente dominada pelo desejo de ser sábia, pensando que bem poderia ser a razão suficiente do jovem Cândido, o qual também poderia ser a dela.

Ao voltar para o castelo, encontrou Cândido e enrubesceu. Cândido também corou. Ela lhe deu um bom dia com a voz embargada, e Cândido falou com ela sem saber o que estava dizendo. No dia seguinte, depois do jantar, ao deixar a mesa, Cunegundes e Cândido se encontraram atrás de um biombo. Cunegundes deixou cair o lenço. Cândido o apanhou, e ela pegou-lhe inocentemente a mão. O jovem beijou inocentemente a mão da moça com uma vivacidade, uma sensibilidade, uma graça toda peculiar. Suas bocas se encontraram, seus olhos se incendiaram, seus joelhos tremeram, suas mãos divagaram. O barão de Thunder-ten-tronckh passou perto do biombo e, vendo aquela causa e aquele efeito, expulsou Cândido do castelo com bons pontapés no traseiro. Cunegundes desmaiou. Foi esbofeteada pela senhora baronesa tão logo voltou a si. Houve grande consternação no mais belo e mais agradável dos castelos possíveis.

Capítulo II

O que aconteceu a Cândido entre os búlgaros

Expulso do paraíso terrestre, Cândido andou por muito tempo sem saber para onde, chorando, erguendo os olhos para o céu, voltando-os seguidamente para o mais belo dos castelos que encerrava a mais bela das baronesinhas. Deitou-se sem jantar no meio das plantações entre dois sulcos. A neve caía em grandes flocos. Cândido, transido de frio, arrastou-se no dia seguinte até a cidade vizinha, chamada Waldberghoff-trarbck-dikdorff, sem dinheiro, morrendo de fome e de cansaço. Muito triste, parou à porta de uma taberna. Dois homens vestidos de azul repararam nele.

— Camarada, - disse um deles, - aí está um jovem de bom porte e com a estatura requerida.

Aproximaram-se de Cândido e, muito educadamente, convidaram-no para jantar.

— Senhores, - disse-lhes Cândido com uma modéstia encantadora, - é muita honra para mim, mas não tenho com que pagar a minha conta.

— Ah! senhor, - disse-lhe um dos azuis, - pessoas de sua classe e mérito nunca pagam nada. Por acaso, não tem cinco pés e cinco polegadas de altura?

— Sim, senhores, é minha altura, - retrucou, - com uma reverência.

— Pois então, senhor, sente-se à mesa. Não somente o isentaremos de pagamento, como jamais suportaremos que um homem como o senhor fique sem dinheiro; os homens só foram feitos para se ajudarem uns aos outros.

— Vocês têm razão, - concordou Cândido. - Foi o que Pangloss sempre me ensinou e posso ver que tudo está o melhor possível.

Pedem-lhe que aceite alguns escudos. Ele os toma e quer assinar recibo. Recusam-no e o convidam a sentar-se à mesa:

— Você não ama ternamente...?

— Oh! sim, - respondeu, - amo ternamente a senhorita Cunegundes.

— Não, - disse um desses cavalheiros, - estamos perguntando se você não ama ternamente o rei dos búlgaros.

— De modo algum, - retruca, - pois jamais o vi.

— Como! É o mais encantador dos reis e devemos beber à sua saúde.

— Oh! com muito prazer, senhores.

E bebe.

— É o que basta, - dizem-lhe. - Acaba de tornar-se o apoio, o sustentáculo, o defensor, o herói dos búlgaros. Sua fortuna está feita, sua glória, garantida.

Imediatamente lhe colocam correntes nos tornozelos e o levam para o regimento. Obrigam-no a volver à direita, à esquerda, a tirar a vareta, a repor a vareta, apontar, atirar, dobrar o passo, e lhe aplicam trinta chibatadas. No dia seguinte, faz o exercício não tão mal assim e só leva vinte chibatadas. No outro dia, só leva dez e seus camaradas já o olham como um prodígio.

Cândido, totalmente estupefato, não atinava ainda muito bem como podia ser um herói. Um belo dia de primavera resolveu dar um passeio, andando sempre em frente, julgando que era um privilégio da espécie humana, assim como da espécie animal, servir-se das próprias pernas a seu bel-prazer. Não andara ainda duas léguas, quando outros quatro heróis de seis pés de altura o alcançam, o amarram e o levam para o calabouço. Foi-lhe perguntado juridicamente se preferia ser fustigado trinta e seis vezes por todo o regimento ou receber de uma só vez doze balas de chumbo nos miolos. De pouco adiantou dizer que a vontade é livre, que não queria nem uma coisa nem outra. Teve de fazer uma escolha. Resolveu, em virtude do dom de Deus que é chamado liberdade, submeter-se trinta e seis vezes às chibatadas. Aguentou dois turnos. O regimento era composto por dois mil homens. Isso lhe valeu quatro mil chibatadas que, desde a nuca até o traseiro, lhe puseram a descoberto os músculos e os nervos. Quando estavam se preparando para o terceiro turno, Cândido, que já não aguentava mais, pediu por misericórdia que tivessem a bondade de partir-lhe a cabeça. Esse favor lhe foi concedido. Vendam-lhe os olhos, põem-no de joelhos.

Nesse momento, passa o rei dos búlgaros que se informa do crime do paciente. E como esse rei era dotado de um grande gênio, percebeu, por tudo o que soube a respeito de Cândido, que se tratava de um jovem metafísico, extremamente ignorante das coisas deste mundo e concedeu-lhe o perdão com uma clemência que será elogiada em todos os jornais e em todos os séculos.

Um bom cirurgião curou Cândido em três semanas com emolientes receitados por Dioscórides. Já estava criando um pouco de pele e já podia caminhar, quando o rei dos búlgaros travou combate com o rei dos ábaros.

Capítulo III

De que maneira Cândido escapou do meio dos búlgaros e o que aconteceu com ele

Nada era tão bonito, tão elegante, tão brilhante, tão bem ordenado como os dois exércitos. As trombetas, os pífaros, os oboés, os tambores, os canhões formavam uma harmonia como jamais existiu no inferno. Os canhões logo derrubaram cerca de seis mil homens de cada lado. Em seguida, a mosquetaria varreu do melhor dos mundos aproximadamente nove a dez mil patifes que lhe infestavam a superfície. A baioneta também foi a razão suficiente da morte de alguns milhares de homens. O total podia muito bem somar umas trinta mil almas. Cândido, que tremia como um filósofo, escondeu-se o melhor que pôde durante essa carnificina heroica.

Finalmente, enquanto os dois monarcas mandavam cantar *Te Deum*, cada qual em seu campo de batalha, ele resolveu ir para outro lugar raciocinar sobre os efeitos e as causas. Passou por cima de pilhas de mortos e moribundos e logo chegou numa aldeia vizinha. Estava reduzida a cinzas. Era uma aldeia ábara que os búlgaros haviam incendiado, segundo as leis do direito público. Aqui, velhos crivados de golpes viam suas mulheres morrerem degoladas, apertando seus filhos contra seus seios ensanguentados; mais além, meninas destripadas, depois de terem saciado as necessidades naturais de alguns heróis, exalavam os últimos suspiros; outras, meio queimadas, gritavam para que lhes acabassem de vez com a vida. Miolos estavam espalhados pelo chão, ao lado de braços e pernas amputados.

Cândido fugiu o mais depressa possível para outra aldeia. Pertencia aos búlgaros, e os heróis ábaros lhe haviam conferido o mesmo tratamento. Sempre andando por sobre membros palpitantes ou entre ruínas, Cândido conseguiu finalmente deixar o teatro da guerra, levando algumas poucas provisões no alforje, sem nunca esquecer a senhorita Cunegundes.

Quando chegou à Holanda, os mantimentos já haviam acabado. Mas como tinha ouvido dizer que todos eram ricos nesse país, e verdadeiramente cristãos, não duvidou que o haveriam de tratar tão bem como o fora no castelo do barão, antes de ser expulso de lá por causa dos lindos olhos da senhorita Cunegundes.

Pediu esmola a várias pessoas sisudas e todas lhe responderam que, se continuasse a exercer esse ofício, fariam com que fosse internado numa casa de correção para ensinar-lhe a viver.

Dirigiu-se em seguida a um homem que acabava de falar, unicamente ele, por uma hora sobre a caridade perante uma grande assembleia. Esse orador, olhando-o de soslaio, disse-lhe:

— O que vem fazer aqui? Está aqui pela boa causa?

— Não há efeito sem causa, - respondeu modestamente Cândido, - tudo está necessariamente encadeado e disposto da melhor maneira possível. Foi preciso que tivesse sido expulso de perto da senhorita Cunegundes, que tivesse sido submetido às chibatadas e agora é preciso que esmole meu pão até que possa ganhá-lo; tudo isso não poderia ser de outro modo.

— Meu amigo, - disse-lhe o orador, - acredita que o Papa seja o Anticristo?

— Ainda não tinha ouvido falar a respeito, - respondeu Cândido, - mas, que ele seja ou não, o fato é que me falta pão.

— Você sequer merece comer pão, - redarguiu o outro; - vá embora, patife, vá, miserável, nunca mais se aproxime de mim!

A mulher do orador, assomando à janela e reparando num homem que duvidava que o Papa fosse o Anticristo, despejou-lhe na cabeça um... cheio. Oh! céus! a que excessos chega o zelo religioso das senhoras!

Um homem que não havia sido batizado, um bom anabatista,

chamado Jacques, viu o modo cruel e ignominioso como estava sendo tratado um dos seus irmãos, um ser com dois pés e sem plumas, que tinha uma alma. Levou-o para casa, limpou-o, deu-lhe pão e cerveja, presenteou-o com dois florins e até quis ensiná-lo a trabalhar em suas manufaturas de tecidos da Pérsia, fabricados na Holanda. Cândido, quase prosternado diante dele, exclamava:

— Bem me dizia mestre Pangloss que tudo está da melhor maneira possível neste mundo, pois me sinto infinitamente mais tocado por sua extrema generosidade do que pela dureza desse senhor de manto negro e da senhora sua esposa.

No dia seguinte, ao passear, encontrou com um mendigo coberto de pústulas, os olhos sem vida, a ponta do nariz carcomida, a boca torta, os dentes pretos, e falando pela garganta, atormentado por uma tosse violenta e cuspindo um dente a cada esforço.

Capítulo IV

De que maneira Cândido reencontrou seu antigo mestre de filosofia, o doutor Pangloss, e o que aconteceu

Cândido, mais tocado pela compaixão do que pelo horror, deu a esse espantoso mendigo os dois florins que recebera de seu honesto anabatista Jacques. O fantasma olhou-o fixamente, verteu lágrimas e pulou para abraçá-lo. Cândido, apavorado, recuou.

— Ah!, - diz o miserável ao outro miserável, - então não reconhece mais seu caro Pangloss?

— O que estou ouvindo? O senhor, meu caro mestre! O senhor, nesse estado horrível! Qual foi a desgraça que lhe aconteceu? Por que não está mais no mais lindo dos castelos? O que foi feito da senhorita Cunegundes, a pérola entre as moças, a obra-prima da natureza?

— Não aguento mais, - falou Pangloss.

Cândido o levou imediatamente para o estábulo do anabatista, onde lhe deu de comer um pouco de pão. E quando Pangloss se refez:

— E então, - disse-lhe, - e Cunegundes?

— Morreu, - respondeu o outro.

Ao ouvir isso, Cândido desmaiou. Seu amigo fê-lo voltar a si com um pouco de vinagre ruim que, por acaso, se encontrava no estábulo. Cândido reabriu os olhos.

– Cunegundes morreu! Ah! melhor dos mundos, onde está você? Mas de que doença morreu? Não teria sido por ter-me visto ser expulso a pontapés do lindo castelo do senhor seu pai?

– Não, - disse Pangloss, - foi estripada por soldados búlgaros, depois de ter sido violentada tantas vezes quanto possível. Arrebentaram a cabeça do barão que queria defendê-la. A senhora baronesa foi cortada em pedaços. Meu pobre pupilo foi tratado precisamente como a irmã. Quanto ao castelo, não sobrou pedra sobre pedra, nem um celeiro, nem um carneiro, nem um pato, nem uma árvore. Mas fomos devidamente vingados, pois os ábaros fizeram o mesmo numa baronia vizinha que pertencia a um senhor búlgaro.

Ao ouvir esse relato, Cândido desmaiou outra vez. Voltando a si e, tendo dito tudo o que tinha a dizer, quis saber da causa e do efeito e da razão suficiente que pusera Pangloss em tão lamentável estado.

– Ai de mim!, - disse o outro, - foi o amor. O amor, o consolador do gênero humano, o conservador do universo, a alma de todos os seres sensíveis, o terno amor.

– Ah!, - disse Cândido, - eu o conheci, esse amor, esse soberano dos corações, essa alma de nossa alma. Só me rendeu um beijo e vinte pontapés no traseiro. Como pôde essa tão bela causa produzir tão abominável efeito em você?

Pangloss respondeu nesses termos:

– Oh, meu caro Cândido! Você conheceu Paquette, essa bela acompanhante de nossa augusta baronesa. Saboreei em seus braços as delícias do paraíso que produziram esses tormentos do inferno que ora, como pode ver, me devoram. Ela estava infectada e talvez tenha morrido disso. Paquette recebera esse presente de um franciscano muito instruído que havia remontado às origens, pois o havia pegado de uma velha condessa que o tinha recebido de um capitão de cavalaria que o devia a uma marquesa que o pegara de um pajem, que o recebera de um jesuíta que, quando noviço, o herdara em linha direta de um dos companheiros de Cristóvão Colombo. Quanto a mim, não o passarei para ninguém, pois estou morrendo.

– Oh! Pangloss! - exclamou Cândido, - que estranha genealogia! A origem disso não remontaria ao diabo?

– De modo algum, - retrucou o grande homem. - Era uma coisa

indispensável no melhor dos mundos, um ingrediente necessário. De fato, se Colombo não a houvesse apanhado numa ilha da América, esta doença que envenena a fonte da geração, que muitas vezes impede até mesmo a geração e que é evidentemente o oposto da grande finalidade da natureza, não teríamos nem o chocolate, nem a cochonilha. Cumpre observar ainda que até hoje, em nosso continente, esta doença nos é peculiar, como a controvérsia. Os turcos, os indianos, os persas, os chineses, os siameses, os japoneses não a conhecem ainda. Mas há uma razão suficiente para que eles passem a conhecê-la por seu turno, dentro de alguns séculos. Enquanto isso, ela progrediu de modo maravilhoso entre nós, e, sobretudo, nesses grandes exércitos compostos de mercenários honestos, educados, que decidem do destino dos Estados. Podemos garantir que, quando trinta mil homens combatem em batalha cerrada contra tropas iguais em número, há aproximadamente vinte mil contaminados de cada lado.

— Aí está uma coisa admirável, - disse Cândido, - mas você deve tratar-se.

— De que jeito? - retrucou Pangloss. - Estou sem um tostão, meu amigo, e, em toda a extensão deste globo, não se pode nem pedir uma sangria nem ser submetido a uma lavagem sem pagar ou sem que haja alguém que pague por nós.

Estas últimas palavras levaram Cândido a tomar uma decisão. Foi lançar-se aos pés de seu caridoso anabatista Jacques e fez-lhe um retrato tão comovente do estado a que seu amigo estava reduzido, que o bondoso homem não hesitou em acolher o doutor Pangloss. Ordenou que fosse tratado a suas expensas. Com o tratamento, Pangloss só perdeu um olho e uma orelha. Escrevia bem e conhecia perfeitamente a aritmética. O anabatista Jacques fez dele seu contador. Ao cabo de dois meses, sendo obrigado a ir a Lisboa a negócios, embarcou em seu navio os dois filósofos. Pangloss explicou-lhe como tudo caminhava da melhor maneira possível. Jacques não compartilhava da mesma opinião.

— Deve-se convir, - dizia ele, - que os homens corromperam um pouco a natureza, pois não nasceram lobos e se tornaram lobos. Deus não lhes deu nem canhão de vinte e quatro nem baionetas, mas fabricaram baionetas e canhões para se destruírem. Poderia ainda levar em conta as falências e a justiça que se apodera dos bens dos falidos para ludibriar os credores.

— Tudo isso era indispensável, - replicava o doutor caolho, - e as desgraças particulares revertem no bem geral, de modo que, quanto mais desgraças particulares houver, maior o bem geral.

Enquanto raciocinava, o ar escureceu, os ventos sopraram dos quatro cantos do mundo, e o navio foi batido pela mais horrível tempestade, à vista do porto de Lisboa.

Capítulo V

Tempestade, naufrágio, terremoto, e o que aconteceu com o doutor Pangloss, Cândido e o anabatista Jacques

Metade dos passageiros, enfraquecidos, morrendo por causa dessas angústias inconcebíveis que o balanço do navio produz nos nervos e em todos os humores de corpos agitados em sentido contrário, sequer tinha forças para preocupar-se com o perigo. A outra metade soltava gritos e rezava. As velas estavam rasgadas, os mastros quebrados, o navio fendido. Trabalhava quem podia, ninguém se entendia, ninguém comandava. O anabatista ajudava um pouco nas manobras. Estava no convés. Um marujo enfurecido lhe desfere um murro e o deixa estendido no chão do convés. Mas por causa do golpe lhe aplicado, ele próprio sofreu um baque tão violento que foi atirado de cabeça para fora do navio. Ficou dependurado, agarrado a uma parte do mastro partido. O bom Jacques corre para socorrê-lo, ajuda-o a subir e, com o esforço que fez, é precipitado no mar na frente do marinheiro que o deixou morrer, sem ao menos dignar-se olhar para ele. Cândido se aproxima, vê seu benfeitor reaparecer por um instante e ser engolido para sempre. Quer jogar-se ao mar atrás dele. O filósofo Pangloss o impede, provando-lhe que a enseada de Lisboa havia sido formada expressamente para que esse anabatista nela se afogasse. Enquanto estava provando isso a priori, o navio se parte ao meio. Todos morrem, salvo Pangloss, Cândido e aquele brutamontes de marujo que afogara o virtuoso anabatista. O patife nadou com êxito até a praia, onde Pangloss e Cândido chegaram, agarrados a uma tábua.

Depois de refazer-se um pouco, andaram em direção de Lisboa. Restava-lhes um pouco de dinheiro, com o qual esperavam safar-se da fome, após terem escapado da tempestade.

Mal puseram os pés na cidade, chorando a morte de seu benfeitor, sentem a terra tremer sob seus passos. O mar, revolto, agiganta-se no porto e despedaça os navios ancorados. Turbilhões de chamas e cinzas cobrem as ruas e as praças públicas. As casas desmoronam, os tetos desabam sobre os alicerces que se espalham. Trinta mil habitantes de todas as idades e sexo são esmagados sob as ruínas. O marujo, assobiando e praguejando, dizia:

— Deve haver alguma coisa para ganhar aqui.

— Qual pode ser a razão suficiente deste fenômeno? - perguntava-se Pangloss.

— O último dia do mundo chegou! - exclamava Cândido.

O marujo corre imediatamente para o meio dos escombros, enfrenta a morte para encontrar dinheiro. Acha, pega-o, embebeda-se e, após ter curtido a ressaca, compra os favores da primeira moça de boa vontade que encontra sobre as ruínas das casas destruídas e no meio dos moribundos e mortos. Pangloss, no entanto, puxava-o pela manga.

— Meu amigo, - lhe dizia, - isto não fica bem, está ofendendo a razão universal, está empregando mal seu tempo.

— Vá para o inferno! - respondeu o outro. - Sou marujo, nasci na Batávia, andei quatro vezes em cima do crucifixo em quatro viagens ao Japão; e lá vem você, logo contra mim, com sua razão universal!

Alguns estilhaços de pedra tinham ferido Cândido. Estava estirado na rua, coberto de destroços. Dizia a Pangloss:

— Ai! Tente achar um pouco de vinho e óleo, que estou morrendo.

— Este terremoto não é novidade, - respondeu Pangloss. - A cidade de Lima sofreu os mesmos abalos na América, no ano passado. Mesmas causas, mesmos efeitos. Certamente há uma corrente de enxofre debaixo da terra, desde Lima até Lisboa.

— Nada mais provável, - disse Cândido. - Mas, pelo amor de Deus, um pouco de óleo e vinho.

— Como, provável? - replicou o filósofo. - Afirmo que a coisa está demonstrada.

Cândido perdeu os sentidos, e Pangloss lhe trouxe um pouco de água de uma fonte próxima.

No dia seguinte, encontrando algumas provisões ao esgueirar-se entre os escombros, recobraram um pouco as forças. Em seguida, trabalharam como os outros para socorrer os habitantes que haviam escapado à morte. Alguns cidadãos socorridos por eles ofereceram-lhes o melhor jantar possível em meio a tamanho desastre. É verdade que a refeição foi servida em clima de tristeza. Os convivas regavam o pão com suas lágrimas, mas Pangloss consolou-os, assegurando-lhes que não poderia ter sido de outra forma:

– Porque, - disse, - tudo isto é o que há de melhor. De fato, se há um vulcão em Lisboa, não poderia estar em outro lugar, porquanto é impossível que as coisas não estejam onde estão. Pois tudo está bem.

Um homenzinho de preto, funcionário de segundo escalão da Inquisição, que se encontrava a seu lado, educadamente tomou a palavra e disse:

– Aparentemente, o senhor não acredita em pecado original, pois, se tudo está o melhor possível, então não houve nem queda nem castigo.

– Peço humildemente perdão a Vossa Excelência, - respondeu Pangloss, - mais educadamente ainda, pois a queda do homem e a maldição entravam necessariamente no melhor dos mundos possíveis.

– O senhor não acredita então na liberdade? - perguntou o representante da Inquisição.

– Vossa Excelência há de me desculpar, - disse Pangloss. - A liberdade pode subsistir com a necessidade absoluta, pois era necessário que fôssemos livres, porquanto afinal a vontade determinada...

Pangloss estava no meio da frase quando o representante da Inquisição acenou com a cabeça a seu criado que estava lhe servindo vinho do Porto ou d'Oporto.

Capítulo VI

Como um belo auto de fé foi feito para impedir os terremotos, e como Cândido foi açoitado

Depois do terremoto que havia destruído três quartas partes de Lisboa, os sábios do país não encontraram meio mais eficaz para prevenir uma ruína total que dar ao povo um belo auto de fé. Foi determinado pela Universidade de Coimbra que o espetáculo de algumas pessoas queimadas a fogo lento, em grande cerimônia, é um segredo infalível para impedir a terra de tremer.

Já tinham, para esse fim, prendido um biscainho que comprovadamente havia casado com sua comadre e dois portugueses que, ao comer um frango, tinham retirado a gordura. Depois do jantar, vieram prender o doutor Pangloss e seu discípulo Cândido, um por ter falado, e o outro por ter ouvido com ar de aprovação. Ambos foram levados separadamente para aposentos extremamente frescos, nos quais nunca eram incomodados pelo sol. Oito dias mais tarde, ambos foram vestidos com um sambenito, e suas cabeças foram ornadas com mitras de papel. A mitra e o sambenito de Cândido estavam pintados com chamas invertidas e diabos desprovidos de cauda e garras, mas os diabos de Pangloss tinham garras e caudas e as chamas apontavam para cima. Nesses trajes, andaram em procissão e ouviram um sermão muito patético, seguido de uma bela música em fabordão. Cândido foi açoitado de modo cadenciado, enquanto cantavam. O biscainho e os dois homens que não haviam querido comer a gordura foram queimados, e Pangloss foi enforcado, embora não fosse esse o costume. No mesmo dia a terra tremeu de novo com um espantoso fragor.

Cândido, espantado, estupefato, desvairado, todo ensanguentado, totalmente alvoroçado, dizia consigo mesmo:

— Se este é o melhor dos mundos possíveis, o que será dos outros? Se eu tivesse sido tão somente açoitado, vá lá, já me aconteceu isso com os búlgaros. Mas, ó meu caro Pangloss, o maior dos filósofos, era preciso ver-te enforcado sem saber por quê? Oh! meu caro anabatista, o melhor dos homens, era preciso que alguém te afogasse no porto! Oh! senhorita Cunegundes, pérola entre as moças, era preciso que alguém te abrisse o ventre?

Estava voltando, mal se equilibrando nas pernas, admoestado, açoitado, absolvido e abençoado, quando uma velha o abordou e lhe disse:

— Meu filho, coragem, siga-me.

Capítulo VII

Como uma velha tratou de Cândido e como ele reencontrou o objeto amado

Cândido se sentia sem coragem, mas acompanhou a velha até um casebre. Ela lhe deu um pote de pomada para passar no corpo, deixando-lhe também comida e bebida. Mostrou-lhe uma pequena cama bastante limpa, na qual havia uma muda de roupa completa.

— Coma, beba, durma, - disse-lhe, - e que Nossa Senhora de Atocha, Santo Antônio de Pádua e São Tiago de Compostela cuidem bem de você. Voltarei amanhã.

Cândido, ainda aturdido com tudo o que havia visto, com tudo o que havia sofrido e ainda mais com a caridade da velha, quis beijar-lhe a mão.

— Não é a minha mão que você tem de beijar, - disse a velha. - Voltarei amanhã. Passe essa pomada, coma e durma.

Apesar de tantas desgraças, Cândido comeu e dormiu.

No dia seguinte, a velha lhe traz o café da manhã, examina-lhe as costas e ela própria o massageia com outra pomada. Mais tarde lhe traz o almoço. Retorna no final da tarde e traz o jantar. No terceiro dia, repete o ritual.

— Quem é a senhora? - perguntava-lhe sempre Cândido. - Quem lhe inspirou tanta bondade? Como posso agradecer-lhe?

A bondosa mulher nunca respondia. Voltou à tardinha e não trouxe nada para o jantar.

— Venha comigo, - disse, - e não diga uma palavra sequer.

Toma-o pelo braço e sai andando com ele pelo campo por aproximadamente um quarto de milha. Chegam numa casa isolada, cercada de jardins e canais. A velha bate a uma pequena porta. Alguém abre. Por uma escada secreta, leva Cândido até um aposento dourado, deixa-o num sofá de brocardo, fecha a porta e vai embora. Cândido pensava estar sonhando e revia toda a sua vida como um pesadelo e o momento atual como um sonho agradável.

A velha reapareceu logo. Amparava com dificuldade uma mulher trêmula, de porte majestoso, cintilante de pedrarias e coberta por um véu.

— Tire esse véu, - disse a velha para Cândido.

O jovem se aproxima. Tira o véu com uma mão tímida. Que momento! Que surpresa! Acredita ver a senhorita Cunegundes. E a estava vendo de fato, era ela própria. Faltam-lhe forças, não consegue proferir uma palavra sequer, cai a seus pés. Cunegundes cai no sofá. A velha os asperge com águas preparadas. Recuperam os sentidos e se falam. De início são palavras entrecortadas, perguntas e respostas que se cruzam, suspiros, lágrimas, gritos. A velha recomenda-lhes para fazer menos barulho e os deixa em paz.

— Como! É você, - diz Cândido, - você está viva! E encontro você em Portugal! Então não foi violentada? Não lhe rasgaram a barriga, como me havia assegurado o filósofo Pangloss?

— É verdade, sim, - disse a bela Cunegundes, - mas nem sempre se morre desses dois acidentes.

— Mas seu pai e sua mãe foram mortos?

— É a pura verdade, - disse Cunegundes, chorando.

— E seu irmão?

— Meu irmão também foi morto.

— E por que está em Portugal? E como soube que eu também estava? E por qual estranho acaso me trouxe até esta casa?

— Dir-lhe-ei tudo isso, - replicou a dama, - mas antes terá que me contar tudo o que aconteceu com você desde o inocente beijo que me deu e os pontapés que levou.

Cândido obedeceu com profundo respeito e, embora confuso, embora com voz fraca e trêmula, embora ainda lhe doessem as costas, contou-lhe da maneira mais singela tudo o que havia sofrido desde o momento da separação. Cunegundes erguia os olhos para o céu. Derramou lágrimas pela morte do bom anabatista e de Pangloss. Depois disso, falou nos seguintes termos a Cândido, que não perdia uma única palavra e que a devorava com os olhos:

Capítulo VIII

História de Cunegundes

— Estava na minha cama e dormia profundamente, quando o céu achou por bem enviar os búlgaros a nosso lindo castelo de Thunder-ten-tronckh. Degolaram meu pai e meu irmão e cortaram minha mãe em pedaços. Um búlgaro alto, de seis pés de altura, percebendo que eu havia perdido os sentidos ao assistir a esse espetáculo, se pôs a estuprar-me. Isso fez com que voltasse a mim, recobrei os sentidos, gritava, me debati, mordi, arranhava, queria arrancar os olhos desse grande búlgaro, sem saber que tudo o que estava acontecendo no castelo de meu pai era coisa usual. O brutamontes me deu uma facada no lado esquerdo, da qual ainda guardo a cicatriz.

— Ai! Espero poder vê-la, - disse o ingênuo Cândido.

– Você a verá, - disse Cunegundes; - mas continuemos.
– Prossiga, - disse Cândido.
Retomou assim o fio da história:

"Um capitão búlgaro entrou, viu-me toda ensanguentada, e o soldado não se importava. O capitão ficou furioso com a falta de respeito que aquele brutamontes lhe demonstrava e matou-o em cima de meu corpo. Em seguida, mandou tratar meus ferimentos e me levou como prisioneira de guerra para seu acampamento. Passei a lavar as poucas camisas que ele possuía e cozinhava para ele. Devo confessá-lo, o capitão me achava muito bonita. De minha parte, não poderia negar que ele tinha um belo porte e uma pele branca e macia. Por outro lado, pouco espírito, pouca filosofia. Bem se via que não tinha sido educado pelo doutor Pangloss. Ao cabo de três meses, tendo perdido todo o seu dinheiro bem como o interesse por mim, vendeu-me a um judeu, chamado Dom Issacar, que traficava na Holanda e em Portugal e que era louco por mulheres. Esse judeu ficou muito apegado a mim, mas não conseguia vencer-me. Resisti-lhe melhor do que ao soldado búlgaro. Uma pessoa honrada pode ser violentada uma vez, mas com isso sua virtude fica fortalecida."

"O judeu, para me domesticar, trouxe-me para esta casa de campo que está vendo. Até então acreditara que não havia no mundo nada mais belo que o castelo de Thunder-ten-tronckh; acabei me convencendo do contrário."

"O grande inquisidor viu-me um dia na missa. Fitava-me seguidamente e mandou dizer que precisava falar comigo sobre assuntos secretos. Fui levada até o palácio dele. Revelei-lhe minhas origens e fez-me ver o quanto estava abaixo de minha linhagem pertencer a um israelita. Mandou propor a Dom Issacar que me cedesse ao monsenhor. Dom Issacar, que é banqueiro da corte e homem de crédito, não quis ceder. O inquisidor ameaçou-o com um auto de fé. Por fim, meu judeu, intimidado, selou um acordo, pelo qual a casa e eu pertenceríamos a ambos em comum. O judeu teria para ele as segundas, quartas e o dia de sábado, e o inquisidor teria os outros dias da semana. Esta convenção já dura seis meses. Não correu sem controvérsias, pois muitas vezes houve indecisão para determinar se a noite de sábado para domingo pertencia à antiga ou à nova lei. Quanto a mim, resisti até agora a ambos, e acredito que é por essa razão que sempre fui amada pelos dois."

"Enfim, para afastar o flagelo dos terremotos e para intimidar Dom

Issacar, o monsenhor inquisidor achou por bem celebrar um auto de fé. Deu-me a honra de me convidar. Fiquei num ótimo lugar. Entre a missa e a execução, foram servidos refrescos para as damas. Na verdade, fiquei horrorizada ao ver queimarem aqueles dois judeus e o honrado biscainho que tinha casado com sua comadre. Mas qual não foi minha surpresa, meu espanto, minha perturbação ao ver, vestido com um sambenito e sob uma mitra, um vulto que se parecia com Pangloss! Esfreguei os olhos, olhei com atenção e o vi pendendo da forca. Caí desmaiada. Mal estava recobrando os sentidos, vi você totalmente despido. Foi o cúmulo do horror, da consternação, da dor, do desespero. Não poderia deixar de dizer que, na verdade, sua pele é ainda mais branca e de um rosado mais perfeito que a do meu capitão dos búlgaros. Essa visão redobrou todos os sentimentos que me atormentavam, que me devoravam. Comecei a gritar, quis dizer: "Parem com isso, bárbaros!", mas minha voz falhou e meus gritos teriam sido inúteis. Depois que você, repetidamente açoitado, dizia: "Como é possível que o adorável Cândido e o sábio Pangloss se encontrem em Lisboa, um para receber cem chicotadas, outro para ser enforcado por ordem de monsenhor o inquisidor, do qual sou amante?" Então Pangloss me enganou cruelmente, quando me dizia que tudo está da melhor maneira possível neste mundo."

"Agitada, desvairada, ora fora de mim, ora prestes a morrer de fraqueza, tinha a cabeça totalmente tomada pelo massacre de meu pai, de minha mãe, de meu irmão, da insolência de meu maldito soldado búlgaro, da facada que me dera, de meu ofício de cozinheira, de meu capitão búlgaro, de meu detestável Dom Issacar, de meu abominável inquisidor, do enforcamento do doutor Pangloss, desse longo *miserere* em fabordão, durante o qual você era açoitado, e, sobretudo, do beijo que lhe dera atrás de um biombo, o dia em que o vi pela última vez. Louvava a Deus que trazia você de volta para mim, após tantas provações. Recomendei à minha velha que cuidasse de você e o trouxesse para cá assim que pudesse. Ela desempenhou seu papel de modo excelente e tive o prazer indizível de vê-lo novamente, de ouvi-lo, de falar com você. Deve estar com uma fome terrível. Eu estou com um apetite formidável. Comecemos pela jantar."

Ambos se sentam à mesa. Depois do jantar, se acomodam no belo sofá já mencionado. Estavam tranquilos, quando chegou Dom Issacar, um dos donos da casa. Era um sábado. Vinha gozar de seus direitos e demonstrar seu terno amor.

Capítulo IX

O que aconteceu a Cunegundes, a Cândido, ao inquisidor e ao judeu

Esse Issacar era o hebreu mais colérico que já se viu em Israel desde o cativeiro da Babilônia.

– Como! - disse,- cadela de uma galileia, já não te basta o inquisidor? Este patife também tem que dividir comigo?

Dizendo isso, puxou de um belo punhal, de que estava sempre munido, e sem pensar que o adversário estivesse armado, precipita-se sobre Cândido. Nosso bom vestfaliano, porém, havia recebido uma bela espada velha, junto com a indumentária completa. Puxa a adaga, embora fosse de gênio bem pacato, e estira o israelita rijo no chão, aos pés da bela Cunegundes.

– Virgem Santa! - exclamou esta, - o que será de nós? Um homem morto em minha casa! Se a justiça vier, estamos perdidos.

– Se Pangloss não tivesse sido enforcado, - disse Cândido, - nos daria um bom conselho nesta emergência, pois era um grande filósofo. Na falta dele, consultemos a velha.

Ela era muito prudente e começava a dar sua opinião, quando outra pequena porta se abriu. Já passava de uma hora da madrugada, começava o domingo. Esse dia pertencia ao senhor inquisidor. Ele entra e vê o açoitado Cândido de espada em punho, um morto estirado no chão, Cunegundes apavorada, e a velha dando conselhos.

Eis o que se passou, nesse momento, na alma de Cândido e como ele raciocinou: "Se este santo homem pedir socorro, me mandará infalivelmente para a fogueira; poderá fazer a mesma coisa com Cunegundes; mandou açoitar-me impiedosamente; é meu rival; posso matá-lo agora, não posso vacilar."

Esse raciocínio foi claro e rápido e, sem dar tempo ao inquisidor para refazer-se da surpresa, traspassa-lhe o corpo com a espada e joga-o ao lado do judeu.

– Aí está mais um, - disse Cunegundes. - Agora não há mais remissão. Estamos excomungados, chegou nossa hora derradeira. Como é que você fez, nascido com caráter tão bom, para matar em dois minutos um judeu e um prelado?

– Minha linda menina, - respondeu Cândido, - quando um homem está apaixonado, com ciúmes e açoitado pela inquisição, acaba perdendo o controle.

A velha tomou então a palavra e disse:

— Há três cavalos andaluzes na estrebaria, devidamente arreados. Que o bravo Cândido os prepare. A senhorita tem moedas de ouro e diamantes. Vamos montar depressa, embora eu só possa sentar numa só nádega, e vamos para Cádiz. Está um tempo maravilhoso, o melhor do mundo, e é um grande prazer viajar no frescor da noite.

Cândido se apressa em encilhar os três cavalos. Cunegundes, a velha e ele percorrem trinta milhas de um fôlego. Enquanto estavam se afastando, a Santa Irmandade chega a casa. Enterram monsenhor numa linda igreja e jogam Issacar no monturo.

Cândido, Cunegundes e a velha já estavam na pequena cidade de Avacena, no meio das montanhas de Sierra Morena, e assim falavam numa taberna:

Capítulo X

Com que aflição Cândido, Cunegundes e a velha chegam a Cádiz, e seu embarque

— Quem poderia ter roubado minhas pistolas e meus diamantes? - dizia Cunegundes, chorando. - De que viveremos? Que faremos? Onde encontrar inquisidores e judeus que me deem outros?

— Ai! Desconfio muito, - disse a velha, - de um reverendo padre franciscano que pousou ontem à noite na mesma hospedaria que nós em Badajoz. Deus me livre de fazer um julgamento temerário! Mas entrou duas vezes em nosso quarto e partiu muito antes de nós.

— Ah! - disse Cândido, - o bom Pangloss me havia provado com frequência que os bens terrestres são comuns a todos os homens, que cada um tem igual direito sobre eles. Esse franciscano devia, sem dúvida, segundo seus princípios, deixar-nos o suficiente para concluir nossa viagem. Então não lhe sobrou absolutamente nada, minha linda Cunegundes?

— Nem um maravedi, - respondeu ela.

— O que fazer então? - tornou a perguntar Cândido.

— Vamos vender um dos cavalos, - interveio a velha. - Montarei na garupa atrás da senhorita, embora eu só possa me apoiar numa nádega, e chegaremos a Cádiz.

Havia na mesma hospedaria um prior beneditino que comprou o cavalo por uma ninharia. Cândido, Cunegundes e a velha passaram por Lucena, Chillas, Labrija e chegaram finalmente a Cádiz. Lá estavam equipando uma frota e reunindo tropas para trazer à razão os reverendos padres jesuítas do Paraguai que eram acusados de incitar à revolta uma de suas hordas contra os reis da Espanha e Portugal, perto da cidade de Sacramento. Cândido, que havia servido com os búlgaros, fez o exercício búlgaro diante do general do pequeno exército com tanta graça, celeridade, destreza, altivez e agilidade, que lhe deram o comando de um pelotão de infantaria. Ei-lo capitão. Embarca com a senhorita Cunegundes, a velha, dois criados e os dois cavalos andaluzes que haviam pertencido ao grande inquisidor de Portugal.

Durante toda a travessia, discutiram muito sobre a filosofia do pobre Pangloss.

— Estamos indo para outro universo, - dizia Cândido; - deve ser nele, sem dúvida, que tudo está bem. De fato, temos de admitir que havia do que lastimar um pouco sobre o que acontece no nosso, sob o aspecto físico e também sob o moral.

— Eu o amo de todo coração, - dizia Cunegundes, - mas minha alma ainda está chocada com tudo o que vi, com tudo o que senti.

— Tudo vai correr bem, - replicava Cândido. - O mar deste novo mundo já vale mais que os mares de nossa Europa; é mais calmo, os ventos mais constantes. Com toda a certeza, é o novo mundo que é o melhor dos universos possíveis.

— Deus o queira! - dizia Cunegundes. - Mas fui tão horrivelmente infeliz no meu, que meu coração está quase fechado à esperança.

— Estão se queixando, - disse-lhes a velha, - mas, ai!, não passaram pelos infortúnios que passei.

Cunegundes quase se pôs a rir e achou muita graça nessa boa mulher que pretendia ter sido mais infeliz que ela.

— Ai, - disse-lhe, - minha querida, a menos que tenha sido violentada por dois búlgaros, que tenha sido esfaqueada por duas vezes na barriga, que tenham demolido dois de seus castelos, que tenham degolado sob seus olhos duas mães e dois pais e que tenha visto dois de seus amantes serem açoitados num auto de fé, não vejo como poderia ganhar de mim em desgraças. Acrescente a isso que nasci baronesa com setenta e dois quartéis de nobreza no brasão e fui cozinheira.

– Senhorita, - respondeu a velha, - você não conhece minhas origens. E se eu lhe mostrasse meu traseiro, não falaria dessa maneira e suspenderia seus julgamentos.

Essas palavras suscitaram uma extrema curiosidade na mente de Cunegundes e Cândido. A velha lhes falou nesses termos.

Capítulo XI

História da velha

"Nem sempre tive os olhos injetados de sangue e as pálpebras avermelhadas. Nem sempre meu nariz encostou no meu queixo e nem sempre fui criada. Sou filha do Papa Urbano X e da princesa de Palestrina. Fui criada até os quatorze anos num palácio, perto do qual todos os castelos dos senhores alemães não serviriam de estábulo. E um só de meus vestidos valia mais que todas as magnificências da Vestfália. Crescia em beleza, em graça, em talentos, no meio dos prazeres, do respeito e das esperanças. Já inspirava amor, meus seios estavam se formando; e que seios! Brancos, firmes, talhados como aqueles da Vênus de Médicis. E que olhos! Que pálpebras! Que sobrancelhas negras! Que chamas brilhavam em minhas pupilas, que chegavam a obscurecer o cintilar das estrelas, como me diziam os poetas da vizinhança. As mulheres que me vestiam e me despiam ficavam em êxtase, quando me olhavam pela frente e pelas costas, e todos os homens teriam desejado estar no lugar delas.

"Fiquei noiva de um príncipe soberano de Massa Carrara. Que príncipe! Tão belo quanto eu, cheio de ternura e atenções, brilhante de espírito brilhante e ardente de amor. Amava-o como se ama pela primeira vez, com idolatria, com enlevo. As núpcias foram preparadas. Era uma pompa, uma magnificência inaudita. Eram festas, carrosséis, óperas-bufas contínuas, e toda a Itália fez para mim sonetos, entre os quais não houve nenhum sofrível. Estava atingindo o momento de minha felicidade quando uma velha marquesa, que tinha sido amante de meu príncipe, convidou-o para tomar chocolate na casa dela. Morreu em menos de duas horas em terríveis convulsões. Mas isso ainda não foi quase nada. Minha mãe, desesperada e muito menos aflita que eu, resolveu retirar-se por algum tempo de moradia tão funesta. Possuía uma propriedade lindíssima perto de Gaeta. Embarcamos numa galera do país, dourada como o altar de São Pedro de Roma. Nisso, um corsário de Salé zarpa em nossa direção e nos aborda. Nossos soldados se defenderam como soldados do Papa: todos se ajoelharam, entregando as armas, e pediram para o corsário uma absolvição *in articulo mortis*.

"Logo foram deixados nus como macacos, e minha mãe também, bem como nossas damas de honra e eu também. É coisa admirável a presteza com a qual esses senhores despem a todos. Mas o que me surpreendeu ainda mais é que meteram a todos o dedo num lugar onde, nós mulheres, geralmente só deixamos que introduzam seringas. Essa cerimônia me parecia muito estranha: desse modo é que julgamos tudo quando nunca saímos do país. Logo fiquei sabendo que era para verificar se não tínhamos escondido ali alguns diamantes; é um costume estabelecido desde tempos imemoráveis entre as nações civilizadas que singram os mares. Soube que os religiosos cavaleiros de Malta nunca deixam de fazer isso quando prendem turcos e turcas; é uma lei do direito das gentes que nunca foi derrogada.

"Não direi o quanto é duro para uma jovem princesa ser levada como escrava, com sua mãe, para o Marrocos. Podem imaginar tudo o que tivemos que sofrer no navio corsário. Minha mãe ainda era muito bonita; nossas damas de honra, até nossas criadas tinham mais charme do que se poderia encontrar por toda a África. Quanto a mim, eu era encantadora, tinha a beleza, a graça e era virgem. Não durou muito: essa flor que havia sido reservada para o belo príncipe de Massa-Carrara me foi arrebatada pelo capitão corsário. Era um negro abominável que ainda pensava fazer-me muita honra. Na verdade, a princesa de Palestrina e eu tivemos que ser muito fortes para resistir a todas as coisas pelas quais passamos até nossa chegada a Marrocos. Mas, paciência, são coisas tão comuns que não vale a pena falar delas.

"O Marrocos nadava em sangue quando chegamos. Dos cinquenta filhos do imperador Muley-Ismael cada um tinha um partido. Isso produzia, de fato, cinquenta guerras civis, de negros contra negros, de negros contra pardos, de pardos contra pardos, de mulatos contra mulatos. Era uma carnificina contínua em toda a extensão do império.

"Mal tínhamos desembarcado, negros de uma facção inimiga de nosso corsário apresentaram-se para arrebatar-lhe o fruto da rapina. Éramos nós, fora os diamantes e o ouro, o que ele tinha de mais precioso. Fui testemunha de um combate como nunca se costuma ver nos climas europeus. Os povos setentrionais não têm sangue bastante ardente. Não têm furor pelas mulheres como é comum na África. Parece que seus europeus têm leite nas veias; é vitríolo, é fogo que corre nas veias dos habitantes do monte Atlas e dos países vizinhos. Combateram com a fúria dos leões, dos tigres e das serpentes da região, para saber quem ficaria conosco. Um mouro agarrou minha mãe pelo braço direito, o lugar-tenente de meu capitão segurou-a pelo esquerdo; um soldado mouro pegou-a por uma perna, um de nossos piratas segurava-a pela outra. Nossas criadas viram-se quase todas, num momento, puxadas assim por quatro soldados. Meu capitão escondia-me atrás dele. Empunhava a cimitarra e matava tudo quanto se opunha à sua raiva. Por fim, vi todas nossas italianas e minha mãe cortadas, massacradas pelos monstros que as disputavam. Meus companheiros cativos, os que os tinham aprisionado, soldados, marujos, negros, pardos, brancos, mulatos e finalmente meu capitão, todos foram mortos. Fiquei agonizando sobre um monte de mortos. Cenas semelhantes se passavam, como se sabe, em toda a extensão de mais de trezentas léguas, sem que ninguém faltasse às cinco orações diárias ordenadas por Maomé.

"Desembaracei-me com muita dificuldade da multidão de cadáveres ensanguentados amontoados e arrastei-me para debaixo de uma grande laranjeira, à beira de um riacho próximo. Caí cheia de pavor, cansaço, horror, desespero e fome. Logo depois, meus sentidos exaustos se entregaram a um sono que mais parecia desmaio que repouso. Estava nesse estado de fraqueza e insensibilidade, entre a vida e a morte, quando me senti apertada por alguma coisa que se agitava sobre meu corpo. Abri os olhos, vi um homem branco e de boa aparência que suspirava e dizia entre os dentes: *O che sciagura d'essere senza coglioni!* (Oh, que desgraça, não ter mais colhões! – N. do T.).

Capítulo XII

Continuação das desgraças da velha

"Surpresa e encantada por ouvir a língua de minha pátria, e não menos surpresa pelas palavras esse homem proferia, respondi-lhe que havia piores desgraças do que aquela de que se queixava. Em poucas palavras contei-lhe os horrores pelos quais tinha passado e desfaleci novamente. Levou-me para uma casa vizinha, pediu para que me pusessem na cama, me dessem comida, serviu-me, consolou-me, elogiou-me, disse-me que nunca vira nada tão lindo como eu e que nunca havia lamentado tanto aquilo que ninguém podia devolver-lhe."

— Nasci em Nápoles, - disse-me, - lá castram todo ano dois a três mil meninos. Uns morrem por causa disso, outros adquirem uma voz mais bela que a das mulheres, outros vão governar Estados. Fizeram essa operação em mim com grande sucesso e fui músico da capela da princesa de Palestrina.

— De minha mãe! - exclamei.

— De sua mãe! - gritou, chorando. - Como! Então você seria aquela princesinha que criei até a idade de seis anos e que já prometia ser tão bela quanto é agora?

— Sou eu mesma. Minha mãe está a quatrocentos passos daqui, esquartejada, debaixo de um monte de mortos...

"Contei-lhe tudo o que me havia acontecido. Contou-me também suas aventuras e me relatou como fora mandado junto ao rei do Marrocos por uma potência cristã, a fim de concluir com esse monarca um tratado, pelo qual lhe seriam fornecidos pólvora, canhões e navios para ajudá-lo a exterminar o comércio dos outros cristãos."

— Minha missão está cumprida, - disse o honrado eunuco. - Vou embarcar para Ceuta e a levarei de volta para a Itália. *Ma che sciagura d'essere senza coglioni!*

"Agradeci-lhe com enternecidas lágrimas e, em vez de me levar para a Itália, conduziu-me para Argel e vendeu-me ao bei dessa província. Mal fora vendida, essa peste que percorreu a África, a Ásia e a Europa se alastrou em Argel com violência. A senhorita já viu terremotos, mas já chegou a contrair a peste?"

— Nunca, - respondeu a baronesa.

– Se a tivesse contraído, - retomou a velha, - reconheceria que é muito pior que um terremoto. É muito comum na África; fui acometida. Imagine que situação para a filha de um Papa, com quinze anos, que em três meses conhecera a pobreza, a escravidão, havia sido violentada quase todos os dias, tinha visto sua mãe ser esquartejada, tinha enfrentado fome e guerra, e estava morrendo de peste em Argel. No entanto, não morri. Meu eunuco e o bei, porém, e quase todo o serralho de Argel pereceram.

"Quando as primeiras devastações dessa peste medonha haviam passado, os escravos do bei foram postos à venda. Um mercador me comprou e me levou para Túnis. Vendeu-me para outro mercador que me revendeu em Trípoli. De Trípoli fui novamente vendida em Alexandria, de Alexandria vendida em Esmirna, de Esmirna em Constantinopla. Pertenci finalmente a um agá dos janízaros que logo foi enviado para defender Azof contra os russos que a estavam sitiando.

"O agá, que era um cavalheiro muito fino, levou consigo todo o serralho e nos alojou num pequeno forte em Palus-Meotides, guardado por dois eunucos negros e vinte soldados. Mataram um número prodigioso de russos, mas eles nos pagaram na mesma moeda. Azof foi posta a fogo e sangue, e não perdoaram nem sexo nem idade. Só restou nosso pequeno forte. Os inimigos quiseram vencer-nos pela fome. Os vinte janízaros tinham jurado jamais render-se. Os limites da fome a que foram reduzidos os forçaram a comer nossos dois eunucos, por receio de quebrarem o juramento. Alguns dias mais tarde, resolveram comer as mulheres.

"Tínhamos um imame muito piedoso e compassivo que lhes pregou um belo sermão, por meio do qual os persuadiu a não nos matarem.
– Cortem, - disse ele, - somente uma nádega de cada uma dessas mulheres, e já terão com que deleitar-se. Se for necessário mais, terão outro tanto dentro de alguns dias. O céu os recompensará por essa ação tão caridosa e receberão socorro.

"Era muito eloquente, conseguiu persuadi-los. Fizeram-nos essa horrível operação. O imame nos aplicou o mesmo bálsamo usado para os meninos que acabam de ser circuncidados. Estávamos todas à beira da morte.

"Mal os janízaros haviam terminado a refeição que lhes havíamos fornecido, chegam os russos em chatas. Nenhum janízaro escapou. Os russos não deram a mínima atenção ao estado em que nos encontrávamos. Cirurgiões franceses, os há por toda parte. Um deles, que era muito habilidoso, cuidou de nós. Ele nos curou e, por toda minha vida vou lembrar que, depois que minhas feridas ficaram bem cicatrizadas, me fez propostas. De resto, disse-nos a todas que nos consolássemos. Assegurou-nos que, em vários cercos, acontecera a mesma coisa e que era a lei da guerra.

"Assim que minhas companheiras puderam andar, mandaram-nos para Moscou. Passei a pertencer a um boiardo que fez de mim sua jardineira e que me aplicava vinte chibatadas por dia. Mas esse senhor, tendo sido supliciado dois anos depois com uns trinta boiardos por alguma intriga da corte, aproveitei dessa oportunidade e fugi. Atravessei toda a Rússia. Trabalhei por muito tempo como criada numa taberna em Riga, depois em Rostock, em Vismar, em Leipzig, em Cassel, em Utrecht, em Leyde, em Haia, em Roterdã. Envelheci na miséria e no opróbrio, com apenas a metade do traseiro, lembrando-me sempre que era filha de um Papa. Cem vezes quis matar-me, mas ainda amava a vida. Essa fraqueza ridícula talvez seja uma de nossas inclinações mais funestas. De fato, há coisa mais tola do que querer carregar continuamente um fardo que sempre queremos jogar no chão? Sentir horror por seu próprio ser e continuar apegada a ele? Enfim, acariciar a serpente que nos devora, até que nos tenha tragado o coração?

"Vi, nos países que a sorte me levou a percorrer e nas tabernas onde servi, um número prodigioso de pessoas que execravam sua própria existência, mas só vi doze que acabaram voluntariamente com a própria miséria: três negros, quatro ingleses, quatro genebrinos e um professor alemão chamado Robeck. Acabei como criada na casa do judeu Dom Issacar que me encarregou de servi-la, minha bela senhorita. Liguei-me a seu destino e me preocupei mais com suas aventuras do que com as minhas. Nunca lhe teria falado de minhas desgraças, se não me tivesse melindrado um pouco e se não fosse costume, a bordo de um navio, contar histórias para espantar o tédio. Enfim, senhorita, tenho experiência, conheço o mundo. Faça algo que lhe dará prazer, convide cada passageiro a contar-lhe a própria história. Se encontrar um só que não tenha amaldiçoado muitas vezes a vida, que não tenha dito muitas vezes a si mesmo que era o mais infeliz dos homens, pode então atirar-me de cabeça ao mar."

Capítulo XIII

Como Cândido foi obrigado a separar-se da bela Cunegundes e da velha

A bela Cunegundes, após ter ouvido a história da velha, lhe dispensou todas as atenções devidas a uma pessoa de sua posição e mérito. Aceitou a proposta. Convidou todos os passageiros, um após outro, a contar-lhe suas aventuras. Cândido e ela confessaram que a velha tinha razão.

— É uma pena realmente, - dizia Cândido, - que o sábio Pangloss tenha sido enforcado, contra a tradição, num auto de fé. Ele nos diria coisas admiráveis sobre o mal físico e o mal moral que cobrem terra e mar, e sentiria bastante ânimo para ousar apresentar-lhe respeitosamente algumas objeções.

À medida que cada um contava sua história, o navio avançava. Aportaram em Buenos Aires. Cunegundes, o capitão Cândido e a velha foram para a casa do governador Dom Fernando de Ibaraa y Figueroa y Mascarenes y Lampourdos y Souza. Esse senhor aparentava uma altivez que convinha a um homem com tantos nomes. Falava com os homens com o mais nobre desdém, empinando tanto o nariz, elevando tão implacavelmente a voz, adotando um tom tão imponente, afetando um andar tão altaneiro, que todos aqueles que o cumprimentavam sentiam vontade de bater nele. Gostava furiosamente de mulheres. Cunegundes pareceu-lhe a coisa mais bela que já tivesse visto. A primeira coisa que fez foi perguntar-lhe se não era esposa do capitão. A maneira como fez essa pergunta alarmou Cândido. Não ousou dizer que era sua mulher, porque de fato não o era. Não ousou dizer tampouco que era sua irmã, porque realmente não o era. Embora essa mentira oficiosa estivesse outrora muito na moda, entre os antigos e pudesse ser útil aos modernos, sua alma era demasiadamente pura para trair a verdade.

— A senhorita Cunegundes, - disse, - deve conceder-me a honra de casar-se comigo e suplicamos a Vossa Excelência que se digne em celebrar nosso casamento."

Don Fernando de Ibaraa y Figueroa y Mascarenes y Lampourdos y Souza sorriu amargamente, cofiando o bigode, e ordenou que o capitão Cândido fosse passar em revista seu pelotão. Cândido obedeceu e o governador permaneceu com a senhorita Cunegundes. Declarou sua paixão por ela, propôs-lhe que no dia seguinte poderiam casar-se segundo os rituais da Igreja, ou de outra forma, conforme melhor aprouvesse a seus encantos. Cunegundes pediu um quarto de hora para recolher-se, para consultar a velha e para tomar uma decisão.

A velha disse para Cunegundes:

– A senhorita tem setenta e dois quartéis no brasão e nem um tostão sequer. Só depende de você tornar-se a mulher do maior senhor da América meridional, que tem um bigode lindíssimo. Será que tem de teimar numa fidelidade a toda prova? Foi violentada pelos búlgaros, um judeu e um inquisidor já usufruíram de seus encantos. As desgraças conferem direitos. Confesso que, se eu estivesse em seu lugar, não teria nenhum escrúpulo em casar com o senhor Governador e fazer a fortuna do capitão Cândido.

Enquanto a velha estava falando, com toda a prudência que a idade e a experiência conferem, viram entrar no porto um pequeno navio que trazia um alcaide e alvazis. Eis o que havia acontecido.

A velha tinha adivinhado muito bem que tivesse sido um franciscano de mangas largas quem roubara o dinheiro e as joias de Cunegundes na cidade de Badajoz, quando ela estava fugindo às pressas com Cândido. Esse monge quis vender algumas das pedras preciosas a um joalheiro. O comerciante reconheceu-as como pertencentes ao grande inquisidor. Antes de ser enforcado, o franciscano confessou que as tinha roubado. Indicou as pessoas e a rota que haviam tomado. A fuga de Cunegundes e Cândido já era conhecida. Foram seguidos em Cádiz. Sem perder tempo, mandaram um navio em seu encalço. O navio já estava no porto de Buenos Aires. Espalhou-se o boato que um alcaide ia desembarcar e que estavam perseguindo os assassinos de monsenhor, o grande inquisidor. A prudente velha viu imediatamente tudo o que deveria ser feito.

– Você não pode fugir, - disse a Cunegundes, - e não tem nada a temer. Não foi você quem matou monsenhor. Por outro lado, o governador, que a ama, não deixará que a maltratem. Fique.

Corre imediatamente para Cândido:

– Fuja, disse, ou, dentro de uma hora, será queimado.

Não havia tempo a perder. Mas como separar-se de Cunegundes e onde buscar refúgio?

Capítulo XIV

Como Cândido e Cacambo foram recebidos pelos jesuítas do Paraguai

Cândido trouxera de Cádiz um criado, como existem muitos nas costas da Espanha e nas colônias. Era um quarto de espanhol, nascido de um mestiço em Tucuman. Tinha sido coroinha, sacristão, marujo, monge, carregador, soldado, lacaio. Chamava-se Cacambo e gostava muito de seu amo porque seu amo era um homem muito bom. Selou, às pressas, os dois cavalos andaluzes.

— Vamos, meu patrão, vamos seguir o conselho da velha. Vamos embora correndo, sem olhar para trás.

Cândido derramou lágrimas:

— Oh, minha querida Cunegundes! Será que tenho que abandoná-la quando o senhor Governador vai preparar nossas núpcias? Cunegundes, trazida de tão longe, que será de você?

— Será o que tiver de ser, - disse Cacambo. - As mulheres nunca se enrascam; Deus provê. Vamos!

— Para onde está me levando? Para onde vamos? Que faremos sem Cunegundes? - dizia Cândido.

— Por São Tiago de Compostela, - disse Cacambo. - O senhor estava partindo para guerrear contra os jesuítas. Vamos combater ao lado deles. Conheço bastante bem os caminhos, vou levá-lo para o reino deles. Ficarão encantados por terem um capitão que faz exercícios à moda búlgara. Haverá de acumular uma fortuna prodigiosa. Quando não temos sucesso num mundo, procuramos por ele em outro. É um prazer muito grande ver e fazer coisas novas.

— Então já esteve no Paraguai? - perguntou Cândido.

— Já estive, sim! - disse Cacambo. - Fui empregado no colégio de Assunção e conheço o governo de *Los Padres* tão bem como as ruas de Cádiz. Esse governo é qualquer coisa de admirável. O reino já tem mais de trezentas léguas de diâmetro. Está dividido em trinta províncias. Nele, Los Padres têm tudo e o povo, nada. É a obra-prima da razão e da justiça. Eu pessoalmente, não vejo nada de tão divino nesses Los Padres que aqui movem guerra contra o rei da Espanha e contra o rei de Portugal e que na Europa confessam esses reis; que aqui matam espanhóis e que em Madri os mandam para o céu. Acho isso muito engraçado. Vamos adiante, você vai ser o mais feliz dos homens. Que prazer terão Los Padres quando souberem que está chegando um capitão que conhece exercícios búlgaros!

Assim que chegaram à primeira barreira, Cacambo disse para a guarda avançada que um capitão pedia para falar com o monsenhor comandante. Mandaram avisar a guarda principal. Um oficial paraguaio correu aos pés do comandante para comunicar-lhe a notícia. Cândido e Cacambo foram primeiramente desarmados; tomaram seus dois cavalos andaluzes. Os dois estrangeiros foram introduzidos no meio de duas fileiras de soldados. O comandante estava na ponta, chapéu de três bicos na cabeça, batina arregaçada, espada à cinta, lança na mão. Fez um sinal e logo vinte e quatro soldados cercam os dois recém-chegados. Um sargento lhes diz que é preciso esperar, que o comandante não pode falar com eles, que o reverendo padre provincial não permite que nenhum espanhol abra a boca a não ser em sua presença, nem que permaneça mais de três horas no país.

– E onde está o reverendo padre provincial? - perguntou Cacambo.

– Está na parada depois de ter rezado a missa, - respondeu o sargento, - e só poderão beijar as esporas dele daqui a três horas.

– Mas, - continuou Cacambo, - o senhor capitão, que está morrendo de fome como eu, não é espanhol, é alemão; será que não poderíamos almoçar, enquanto esperamos Sua Reverendíssima?

O sargento foi imediatamente comunicar essas palavras ao comandante.

– Deus seja louvado! - disse esse senhor. Já que é alemão, posso falar com ele. Levem-no para meu caramanchão.

Cândido foi conduzido em seguida para um ambiente cheio de folhagens, cercado por uma linda colunata de mármore verde e ouro e por grades que encerravam periquitos, colibris, beija-flores, galinhas de angola e todas as aves, das mais raras. Um excelente almoço estava preparado, a ser servido em baixelas de ouro. E enquanto os paraguaios comiam milho em tigelas de madeira, ao ar livre, com o sol a pino, o reverendo padre comandante entrou no caramanchão.

Era um belo jovem, de rosto cheio, muito branco, bem corado, sobrancelhas salientes, olhar vivo, orelhas rosadas, lábios rubros, ar altivo, mas de uma altivez que não era nem a de um espanhol, nem a de um jesuíta. As armas de Cândido e Cacambo, que haviam sido recolhidas, lhes foram devolvidas, bem como os dois cavalos andaluzes.

Cacambo lhes deu aveia para comer, perto do caramanchão, sempre de olho neles, com medo de alguma surpresa.

Cândido beijou primeiramente a orla da roupagem do comandante e, a seguir, tomaram lugar à mesa.

— Pois então, o senhor é alemão? - lhe disse o jesuíta nessa língua.

— Sou sim, reverendo padre, respondeu Cândido.

Tanto um como outro, ao pronunciar essas palavras, se olhavam com extrema surpresa e uma emoção que não conseguiam dominar.

— E de que região da Alemanha é? - perguntou o jesuíta.

— Da maldita província da Vestfália, - respondeu Cândido. - Nasci no castelo de Thunder-ten-tronckh.

— Ó céus! Não é possível! - exclamou o comandante.

— Que milagre! - gritou Cândido.

— Será que é mesmo o senhor? - disse o comandante.

— Não é possível! - disse Cândido.

Os dois recuam estupefatos, se beijam, derramam torrentes de lágrimas.

— Como! Seria o senhor, meu reverendo padre? O senhor, irmão da bela Cunegundes! O senhor, que foi morto pelos búlgaros! O senhor, filho do barão! O senhor, jesuíta no Paraguai! Devo confessar que este mundo é uma coisa estranha. Ó, Pangloss! Pangloss! Como você estaria feliz se não tivesse sido enforcado!

O comandante mandou que se retirassem os escravos negros e os paraguaios que serviam bebidas em taças de cristal de rocha. Agradeceu mil vezes a Deus e a Santo Inácio. Abraçava fortemente Cândido. Os rostos de ambos estavam inundados de lágrimas.

— Ficaria muito mais surpreso, mais comovido, mais fora de si, - disse Cândido, - se lhe falasse que a senhorita Cunegundes, sua irmã, que o senhor acreditou ter sido destripada, está cheia de saúde.

— Onde?

— Aqui bem próximo, na casa do senhor governador de Buenos Aires. E eu vinha aqui para guerrear contra o senhor!

Cada palavra que pronunciavam nessa longa conversa acumulava prodígios sobre prodígios. A alma deles por inteiro voava na ponta da língua, permanecia atenta nos ouvidos e faiscava em seus olhos. Como eram alemães, ficaram muito tempo à mesa, esperando o reverendo padre provincial. E o comandante falou assim para seu querido Cândido:

Capítulo XV

Como Cândido matou o irmão de sua amada Cunegundes

— Por toda a minha vida, conservarei presente em minha memória o dia horrível em que vi matarem meu pai e minha mãe e violentarem minha irmã. Quando os búlgaros se retiraram, não foi possível encontrar aquela irmã adorável, e puseram numa carroça minha mãe, meu pai e eu, duas criadas e três meninos degolados, para nos enterrarem numa capela de jesuítas, a duas léguas do castelo de meus pais. Um jesuíta nos jogou água benta. Estava horrivelmente salgada. Umas gotas entraram em meus olhos. O padre percebeu que minhas pálpebras se mexeram levemente. Pôs a mão sobre o meu coração e o sentiu palpitar. Fui socorrido e, duas semanas mais tarde, estava totalmente refeito. Sabe, meu caro Cândido, que eu era muito bonito; fiquei mais bonito ainda. Por isso o reverendo padre Croust, superior da casa, sentiu-se tomado da mais tenra amizade por mim. Deu-me o hábito de noviço e, pouco tempo depois, fui enviado a Roma. O padre geral estava precisando de uma leva de jovens jesuítas alemães. Os soberanos do Paraguai evitam ao máximo receber jesuítas espanhóis. Preferem os estrangeiros que, assim pensam, podem dominar melhor. Fui julgado apto, pelo reverendo padre geral, para ir trabalhar nessa vinha. Partimos, um polonês, um tirolês e eu. Ao chegar, fui honrado com a função de subdiácono e com o posto de lugar-tenente. Hoje sou coronel e padre. Recebemos à altura as tropas do rei da Espanha. Posso garantir-lhe que serão excomungadas e derrotadas. A Providência o envia aqui para nos ajudar. Mas é realmente verdade que minha irmã Cunegundes está nas proximidades, na casa do governador de Buenos Aires?

Cândido jurou que nada era mais verdadeiro. As lágrimas começaram a rolar. O barão não se cansava de abraçar Cândido. Chamava-o de irmão, de salvador.

— Ah! quem sabe, meu caro Cândido, - disse-lhe, - não possamos entrar vitoriosos na cidade e retomar minha irmã Cunegundes.

— É o que mais desejo, - disse Cândido; - pois pensava em desposá-la e ainda espero.

— Seu insolente! - respondeu o barão, - teria a impudência de se casar com minha irmã que tem setenta e dois quartéis no brasão! Parece-me muito atrevido em ousar falar comigo de tão temerário desígnio!

Cândido, petrificado por essas palavras, lhe respondeu:

— Meu reverendo padre, todos os quartéis do mundo não contam absolutamente nada agora. Arranquei sua irmã dos braços de um judeu e de um inquisidor. Ela me deve muitas obrigações e quer casar-se comigo. Mestre Pangloss sempre me disse que os homens são iguais e, com certeza, a desposarei.

— É o que veremos, patife! - disse o jesuíta barão de Thunder--ten-tronckh, - enquanto lhe desferia no rosto um violento golpe com folha da espada.

No mesmo instante, Cândido puxa a sua e a enterra até a guarda na barriga do barão jesuíta. Mas ao retirá-la ainda banhada de sangue quente, caiu no choro:

— Ah! meu Deus, matei meu antigo amo, meu amigo, meu cunhado. Sou o melhor homem do mundo e já são três homens que mato. E desses três, dois eram padres.

Cacambo, que montava guarda à entrada do caramanchão, acorreu.

— Só nos resta vendermos caro nossa vida, - lhe disse o amo. - Certamente vão entrar no caramanchão, teremos de morrer de armas em punho.

Cacambo, que já passara por outros apertos, não perdeu a cabeça. Tirou a roupa de jesuíta do barão, vestiu-a no corpo de Cândido, deu-lhe o chapéu quadrado do morto e fez montar a cavalo. Isso tudo num piscar de olhos.

— A galope, meu amo! Todos vão pensar que é um jesuíta que vai dar ordens e teremos passado as fronteiras antes que possam sair a nosso encalço.

Ao pronunciar essas palavras, já estava voando e gritando em espanhol:

— Abram alas, deixem passar o reverendo padre coronel.

Capítulo XVI

O que aconteceu com os dois viajantes com duas moças, dois macacos e os selvagens chamados Orelhudos

Cândido e seu criado passaram as barreiras e, no acampamento, ninguém sabia ainda da morte do jesuíta alemão. O vigilante Cacambo tivera o cuidado de encher o alforje de pão, chocolate, presunto, frutas, e algumas medidas de vinho. Com os cavalos andaluzes, penetraram no país desconhecido, onde não descobriram nenhuma estrada. Finalmente, apareceu diante deles uma linda pradaria cortada por riachos. Nossos dois viajantes deixam seus cavalos pastando. Cacambo propõe a seu amo comer e dá o exemplo.

— Como quer você, - dizia Cândido, - que eu coma presunto, quando acabei de matar o filho do barão e me sinto condenado a não voltar a ver a bela Cunegundes de minha vida? De que me servirá prolongar meus miseráveis dias, já que tenho que arrastá-los longe dela, em remorsos e desespero? E o que vai dizer o jornal de Trévoux?

Estava falando assim, mas nem por isso deixou de comer. O sol ia se pondo. Os dois desnorteados ouviram uns gritinhos que pareciam ser de mulheres. Não sabiam se eram gritos de dor ou de alegria, mas levantaram-se às pressas com aquela inquietação e aquela preocupação que, num país desconhecido, tudo inspira. Esses clamores vinham de duas moças inteiramente nuas que corriam soltas pelas bordas do prado, enquanto dois macacos as perseguiam, mordendo-lhes as nádegas. Cândido foi tocado pela compaixão. Aprendera a atirar com os búlgaros e teria alcançado uma avelã na árvore sem tocar nas folhas. Toma seu fuzil espanhol de dois canos e mata os dois macacos.

— Deus seja louvado, meu caro Cacambo, livrei aquelas duas pobres criaturas de um grande perigo. Se cometi um pecado matando um inquisidor e um jesuíta, já o reparei agora, salvando a vida de duas moças. Talvez sejam duas meninas de boa família e este feito pode trazer-nos grandes vantagens no país.

Ia continuar, mas sua língua se paralisou quando viu aquelas moças abraçando carinhosamente os dois macacos, derretendo-se em lágrimas sobre seus corpos e enchendo o ar com os mais dolorosos gritos.

— Nunca podia esperar tanta bondade, - disse finalmente para Cacambo, - o qual replicou:

— Mas que bela obra-prima, meu amo! O senhor matou os dois amantes das moças.

— Seus amantes! Como seria possível? Está zombando de mim, Cacambo? Como posso acreditar em você?

— Meu caro amo, - respondeu Cacambo, - o senhor sempre fica espantado com tudo. Por que acha tão estranho que em alguns países existam macacos que obtenham os favores das mulheres? Eles são uma quarta parte de homem, como eu sou um quarto de espanhol.

— Ah! - voltou a falar Cândido, - lembro-me de ter ouvido mestre Pangloss dizer que antigamente incidentes semelhantes tinham acontecido e que essas misturas tinham produzido egipãs, faunos, sátiros, vistos por várias grandes personagens da Antiguidade. Mas achava que isso não passava de lenda.

— Agora deve estar convencido de que é verdade, - disse Cacambo, - e pode ver como se comportam as pessoas que não receberam certa educação. O que mais temo é que estas moças nos preparem alguma vingança.

Essas sólidas reflexões levaram Cândido a deixar o prado e penetrar num bosque. Ali jantou com Cacambo. Depois de terem amaldiçoado o inquisidor de Portugal, o governador de Buenos Aires e o barão, ambos adormeceram na relva. Ao despertar, sentiram que não podiam se mexer. O motivo era que, durante a noite, os Orelhudos, habitantes da região, a quem as moças os tinham denunciado, os haviam amarrado com cordas feitas de casca de árvore. Estavam cercados por uns cinquenta Orelhudos, inteiramente nus, armados com flechas, porretes e machados de pedra. Alguns estavam esquentando um grande caldeirão. Outros preparavam espetos e todos gritavam: "É um jesuíta, é um jesuíta! Seremos vingados e comeremos muito bem. Vamos comer jesuíta, vamos comer jesuíta!"

— Bem que avisei, meu bom amo, - exclamou tristemente Cacambo, - que essas duas moças iam nos pregar uma peça.

Vendo o caldeirão e os espetos, Cândido gemeu:

— Com toda a certeza, vamos ser assados ou fervidos. Ah! que diria mestre Pangloss se visse como é feita a pura natureza? Tudo vai bem, pode ser, mas confesso que é muito cruel ter perdido a senhorita Cunegundes e ser assado no espeto por Orelhudos.

Cacambo nunca perdia a cabeça.

— Nunca se desespere, - disse a um Cândido desolado; - entendo alguma coisa do jargão desses povos, vou falar com eles.

— Não se esqueça, - disse Cândido, - de explicar-lhes que é uma desumanidade descomunal cozinhar homens e o quanto isso é pouco cristão.

— Senhores, - disse Cacambo, - estão certos de que vão comer um jesuíta hoje. Muito bem! Nada mais justo do que tratar assim os inimigos. De fato, o direito natural nos ensina a matar nosso próximo e é assim que se faz no mundo inteiro. Se não fazemos uso do direito de comê-lo, é porque já temos como comer muito bem de outra maneira. Mas os senhores não têm os recursos que nós temos. Com certeza, é melhor comer os inimigos que abandonar aos corvos e às gralhas o fruto da vitória. Entretanto, senhores, não gostariam de comer os amigos. Estão acreditando que vão espetar um jesuíta, mas é seu defensor, o inimigo dos seus inimigos que vão assar. Quanto a mim, nasci nesta terra; este senhor que estão vendo é meu amo e, longe de ser um jesuíta, acaba de matar um jesuíta e está vestindo a roupa dele. Este é o motivo do engano. Para verificar o que estou dizendo, peguem a roupa dele, levem-na até a primeira barreira do reino de Los Padres. Informem-se se meu amo não matou um oficial jesuíta. Levará pouco tempo. Poderão comer-nos depois, se descobrirem que menti. Mas, se eu disse a verdade, vocês conhecem demais os princípios do direito público, os costumes e as leis, para não nos poupar.

Os Orelhudos acharam o discurso muito razoável. Escolheram dois notáveis para que fossem informar-se da verdade. Os dois emissários cumpriram sua missão a contento e voltaram logo, trazendo boas notícias. Os Orelhudos soltaram os dois prisioneiros, cercaram-nos de todo tipo de gentilezas, ofereceram-lhes moças, deram-lhes refrescos e conduziram-nos até os confins de seus Estados, gritando alegremente: "Não é jesuíta, não é jesuíta!"

Cândido não se cansava de admirar o motivo de sua liberação.

— Que povo! - dizia. - Que homens! Que costumes! Se não tivesse tido a felicidade de dar uma grande estocada que atravessou o corpo do irmão da senhorita Cunegundes, teria sido comido sem remissão. Mas, afinal de contas, a pura natureza é boa, uma vez que esta gente, em vez de me comer, cumulou-me de mil gentilezas, tão logo soube que eu não era jesuíta.

Capítulo XVII

Chegada de Cândido e de seu criado ao país do Eldorado e o que viram por lá

Quando chegaram às fronteiras dos Orelhudos, Cacambo disse a Cândido:

— Está vendo que este hemisfério não vale mais que o outro. Acredite em mim, voltemos para a Europa pelo caminho mais curto.

— Como voltar para lá? - retrucou Cândido. - E para onde ir? Se eu for para meu país, os búlgaros e os ábaros estão degolando tudo. Se voltar para Portugal, vou ser queimado. Se ficarmos neste país, corremos o risco, a todo momento, de parar no espeto. Mas como decidir-me a deixar a parte do mundo onde mora a senhorita Cunegundes?

— Vamos para Caiena, disse Cacambo. Lá encontraremos franceses, que andam por toda parte do mundo. Poderão nos ajudar. Talvez Deus tenha piedade de nós.

Não era fácil ir para Caiena. Sabiam mais ou menos para que lado tinham de andar, mas montanhas, rios, precipícios, salteadores, selvagens, constituíam por toda parte terríveis obstáculos. Seus cavalos morreram de cansaço. As provisões tinham acabado. Alimentaram-se durante um mês inteiro com frutas selvagens e, finalmente, chegaram a um riacho margeado de coqueiros que passaram a sustentar suas vidas e esperanças.

Cacambo, que sempre dava conselhos tão bons quanto os da velha, disse a Cândido:

— Não podemos aguentar mais, já andamos bastante. Estou vendo uma canoa vazia na margem. Vamos enchê-la de cocos, pulemos nela e vamos deixar que a correnteza nos leve. Um rio sempre leva para algum lugar habitado. Se não encontrarmos coisas agradáveis, acharemos pelo menos coisas novas.

— Vamos, - disse Cândido, - recomendemo-nos à Providência.

Navegaram algumas léguas entre margens ora floridas, ora áridas, ora planas, ora escarpadas. O rio se alargava sempre mais. Finalmente, perdia-se debaixo de uma abóbada de rochedos espantosos que se erguiam até o céu. Os dois viajantes tiveram a temeridade de se deixarem levar pelas águas debaixo dessa abóbada. O rio, mais estreito naquele lugar, arrastou-os com uma rapidez e um barulho horríveis. Ao cabo de vinte e quatro horas, viram novamente o dia. Sua canoa, porém, espatifou-se contra os escolhos. Tiveram de arrastar-se de rochedo em rochedo por uma légua inteira. Finalmente, descobriram um horizonte imenso, cercado de montanhas inacessíveis. O país era cultivado tanto por prazer como por necessidade. Por toda parte, o útil era agradável. Os caminhos eram cobertos, ou melhor, enfeitados por carruagens de forma e material brilhante, levando homens e mulheres de singular beleza, velozmente puxadas por grandes carneiros vermelhos que excediam em velocidade os mais belos cavalos da Andaluzia, de Tetuan e de Mequinez.

— Aqui está realmente, - disse Cândido, - um país que vale mais que a Vestfália.

Ele e Cacambo pararam perto da primeira aldeia que encontraram. Algumas crianças do vilarejo, vestidas de brocado de ouro todo rasgado, jogavam disco na entrada do povoado. Nossos dois homens do outro mundo se divertiram olhando-as. Os discos eram peças redondas bastante largas, amarelas, vermelhas, verdes, que emitiam um brilho singular. Os viajantes sentiram vontade de recolher alguns. Era ouro, eram esmeraldas, rubis, o menor dos quais teria sido o maior ornamento do trono do Mogol.

— Sem dúvida, - disse Cacambo, - essas crianças são filhos do rei do país que estão jogando disco.

O professor da aldeia apareceu nesse momento para chamá-las para dentro da escola.

— Este deve ser, - disse Cândido, - o preceptor da família real.

Os pequenos maltrapilhos abandonaram imediatamente o jogo, deixando no chão seus discos e tudo o que tinha servido para seu divertimento. Cândido os ajunta, corre ao preceptor a quem os apresenta humildemente, dando-lhe a entender, por sinais, que Suas Altezas Reais tinham esquecido seu ouro e pedrarias. O professor, sorrindo, jogou-os no chão, fitou por um momento o semblante de Cândido com muita surpresa e retomou seu caminho. Os viajantes não deixaram de recolher o ouro, os rubis e as esmeraldas.

— Onde estamos? - exclamou Cândido. Os filhos dos reis deste país devem ser muito bem educados, porquanto são ensinados a menosprezar o ouro e as pedras preciosas.

Cacambo estava tão surpreso quanto Cândido. Por fim, aproximaram-se da primeira casa da aldeia. Era construída como um palácio da Europa. Uma multidão se acotovelava à porta e mais ainda dentro da casa. Ouvia-se uma música muito agradável e sentia-se um delicioso cheiro de comida. Cacambo se aproximou da porta e ouviu que estavam falando peruano. Era sua língua materna, pois todos sabem que Cacambo nascera em Tucuman, numa aldeia onde só se conhecia esta língua.

– Eu lhe sirvo de intérprete, - disse para Cândido. - Vamos entrar, é uma estalagem.

Imediatamente, dois rapazes e duas moças da hospedaria, vestidos com tecidos dourados e com os cabelos presos por fitas, convidam-nos para sentar à mesa. Foram servidas quatro qualidades de sopa, cada uma delas acompanhada de dois papagaios, um condor cozido que pesava duzentas libras, dois macacos assados de excelente gosto, trezentos colibris numa travessa e seiscentos beija-flores em outra; refogados saborosíssimos, doces deliciosos. Tudo isso em pratos de uma espécie de cristal de rocha. Os rapazes e as moças da hospedaria serviam diversos licores feitos com cana-de-açúcar.

Os convivas eram, em sua maioria, comerciantes e cocheiros, todos extremamente educados, que fizeram algumas perguntas a Cacambo, com a mais circunspecta discrição, e que responderam às dele de maneira satisfatória.

Terminada a refeição, Cacambo acreditou, assim como Cândido, que ia pagar generosamente sua parte, jogando na mesa duas daquelas grandes peças de ouro que havia apanhado do chão. O dono e sua mulher desataram a rir e ficaram um bom tempo com as mãos apoiadas em seus flancos. Finalmente, se recompuseram:

– Senhores, - disse o hospedeiro, - bem se vê que são estrangeiros. Não estamos acostumados a ver estrangeiros. Desculpem-nos se começamos a rir quando ofereceram como pagamento as pedras de nossas ruas. Sem dúvida, não devem ter a moeda do país, mas não é necessário tê-la para jantar aqui. Todas as hospedarias estabelecidas para a comodidade do comércio são pagas pelo governo. Certamente comeram mal aqui, porque é uma aldeia pobre, mas em qualquer outro lugar serão recebidos como merecem.

Cacambo explicava a Cândido todas as palavras do hospedeiro, e Cândido as ouvia com a mesma admiração e o mesmo espanto com que seu amigo Cacambo as traduzia.

– Que país é este, - diziam um ao outro,- desconhecido de todo o resto da terra e onde toda a natureza é de uma espécie tão diferente da nossa? Provavelmente é o país onde tudo vai bem, pois é absolutamente necessário que haja um dessa espécie. E, apesar do que mestre Pangloss dizia, muitas vezes percebi que tudo ia mal na Vestfália.

Capítulo XVIII
O que viram no país do Eldorado

Cacambo demonstrou a seu hospedeiro toda a sua curiosidade. Este lhe disse:

– Sou muito ignorante e estou muito bem assim. Mas temos aqui um ancião retirado da corte que é o homem mais sábio do reino e o mais comunicativo.

Imediatamente, leva Cacambo à casa do ancião. Cândido já estava ficando com um papel secundário e acompanhava seu criado. Entraram numa casa muito simples, pois a porta era apenas de prata e os revestimentos dos cômodos eram somente de ouro, mas trabalhados com tanto gosto que os mais ricos revestimentos não os ofuscavam. A antecâmara, na verdade, era incrustada somente de rubis e esmeraldas, mas a ordem em que tudo estava arrumado compensava muito bem essa extrema simplicidade.

O ancião recebeu os dois estrangeiros num sofá forrado com penas de colibris e mandou que lhes fossem servidos licores em taças de diamante. Depois disso, lhes satisfez a curiosidade nos seguintes termos:

– Tenho setenta e dois anos de idade e aprendi com meu falecido pai, escudeiro do rei, as surpreendentes revoluções do Peru, de que fora testemunha. O reino em que estamos é a antiga pátria dos Incas que daqui saíram muito imprudentemente para ir subjugar uma parte do mundo e que acabaram sendo destruídos pelos espanhóis. Os príncipes de sua família que ficaram em seu país natal foram mais sábios. Com o consentimento da nação, ordenaram que nenhum habitante jamais saísse de nosso pequeno reino. E foi o que nos conservou a inocência e a felicidade. Os espanhóis tiveram desse país um conhecimento confuso, chamaram-no de *El Dorado*, e um inglês, chamado cavalheiro Raleigh, chegou até mesmo a aproximar-se dele há cerca de cem anos. Mas como estamos cercados de rochedos inacessíveis e precipícios, até agora sempre ficamos protegidos contra a cobiça das nações da Europa que têm uma loucura inconcebível pelas pedras e pela lama de nossa terra, e que, para se apoderarem delas, nos matariam até o último.

A conversa foi longa. Versou sobre a forma de governo, sobre os costumes, as mulheres, os espetáculos públicos, as artes. Finalmente, Cândido, que sempre tivera gosto pela metafísica, perguntou, por meio de Cacambo, se havia uma religião no país.

O ancião enrubesceu um pouco.

— Como pode duvidar disso? - respondeu. - Por acaso, acha que somos uns ingratos?

Cacambo perguntou humildemente qual era a religião do Eldorado. O ancião corou de novo.

— Será que pode haver duas religiões? - disse. - Temos, creio, a religião de todo o mundo: adoramos Deus de manhã à noite.

— Só adoram um Deus único? - disse Cacambo, que continuava servindo de intérprete para as dúvidas de Cândido.

— Aparentemente, - disse o ancião, - não há nem dois, nem três, nem quatro. Confesso que as pessoas de seu mundo fazem perguntas bastante singulares.

Cândido não se cansava de fazer perguntas ao bom ancião. Quis saber como se orava a Deus no Eldorado.

— Nós não o imploramos, - disse o bom e respeitável sábio. - Não temos nada para lhe pedir, uma vez que nos deu tudo o de que precisamos. Nós o agradecemos sem cessar.

Cândido teve a curiosidade de ver os padres e mandou perguntar onde estavam. O bom ancião sorriu.

— Meus amigos, - disse, - todos nós somos padres. O rei e todos os chefes de família entoam cânticos de ação de graças solenemente todas as manhãs e cinco ou seis mil músicos os acompanham.

— Como? Não há monges que ensinam, que discutem, que governam, que tramam e que mandam queimar as pessoas que não compartilham de sua opinião?

— Só se fôssemos loucos, - disse o ancião. - Aqui somos todos da mesma opinião e não entendemos o que o senhor quer dizer com seus monges.

Cândido ficava extasiado com todas essas informações e dizia consigo mesmo: "Se nosso amigo Pangloss tivesse visto o Eldorado, teria deixado de dizer que o castelo de Thunder-ten-tronckh era o que tinha de melhor na terra; é verdade que é preciso viajar."

Após essa longa conversa, o ancião mandou preparar uma carruagem com seis carneiros e cedeu doze de seus criados aos dois viajantes para levá-los à corte:

— Desculpem-me, - disse-lhes, - se minha idade me priva da honra de acompanhá-los. O rei haverá de recebê-los de uma maneira que não os deixará descontentes e certamente haverão de perdoar os costumes do país, se alguns deles lhes desagradam.

Cândido e Cacambo sobem na carruagem. Os seis carneiros voavam e, em menos de quatro horas, chegaram ao palácio do rei, situado num extremo da capital. O pórtico tinha duzentos e vinte pés de altura por cem de largura; é impossível dizer de que material era feito. Pode-se muito bem supor que superioridade prodigiosa deveria ter sobre esses seixos e essa areia a que chamamos de ouro e pedras preciosas.

Vinte lindas moças da guarda receberam Cândido e Cacambo ao descerem da carruagem, levaram-nos para os banhos, vestiram-nos com roupas de um tecido de penugem de colibri. Depois disso, os grandes oficiais e as grandes oficiais da coroa os conduziram até o aposento de Sua Majestade, passando no meio de duas fileiras de mil músicos cada uma, segundo o costume usual. Quando se aproximaram da sala do trono, Cacambo perguntou a um grande oficial como deveria fazer para cumprimentar Sua Majestade; se era preciso ajoelhar-se ou colocar-se de bruços; se devia levar as mãos à cabeça ou às costas; se devia lamber o pó da sala; numa palavra, qual era o cerimonial.

— O costume, - disse o grande oficial, - é abraçar e beijar o rei nas duas faces.

Cândido e Cacambo se enlaçaram no pescoço de Sua Majestade, que os recebeu com toda simpatia imaginável e os convidou gentilmente para cear.

Enquanto esperavam, mostraram-lhes a cidade, os edifícios públicos que subiam até as nuvens, os mercados ornamentados por mil colunas, as fontes de água pura, as fontes de água cor de rosa, aquelas de licores de cana-de-açúcar, que corriam continuamente em grandes praças, pavimentadas com uma espécie de pedras preciosas que exalavam um cheiro semelhante ao do cravo e da canela. Cândido pediu para ver o palácio de justiça, o parlamento. Disseram-lhe que não havia e que nunca havia julgamentos. Quis saber se havia prisões e disseram-lhe que não. O que mais o surpreendeu e que mais o agradou foi o palácio das ciências, no qual viu uma galeria de dois mil passos, cheia de instrumentos de matemática e física.

Depois de terem percorrido, a tarde inteira, mais ou menos a milésima parte da cidade, foram reconduzidos ao palácio do rei. Cândido sentou-se à mesa entre Sua Majestade, seu criado Cacambo e várias senhoras. Jamais se comeu melhor e nunca houve tanta demonstração de simpatia como a de Sua Majestade no jantar. Cacambo explicava as belas palavras do rei para Cândido e, embora traduzidas, sempre pareciam belas expressões. De tudo o que surpreendia Cândido, não era isso que menos o surpreendeu.

Passaram um mês nessa hospedagem. Cândido não cessava de repetir a Cacambo:

– Mais uma vez, meu amigo, é verdade que o castelo onde nasci não vale o país em que estamos. Mas, afinal de contas, a senhorita Cunegundes não está aqui e, sem dúvida, você deve ter alguma amante na Europa. Se ficarmos aqui, seremos apenas como os outros. Ao contrário, se retornarmos para nosso mundo com apenas doze carneiros carregados de pedregulhos do Eldorado, seremos mais ricos que todos os reis juntos, não teremos mais inquisidores a temer e poderemos facilmente resgatar a senhorita Cunegundes.

Essas palavras agradaram a Cacambo. Todos gostam muito de correr mundo, de aparecer com vantagem entre os seus, de ostentar o que viram nas viagens, que os dois felizardos resolveram deixar de lado as aventuras e pediram permissão a Sua Majestade para deixar o país.

– Estão fazendo uma tolice, - disse-lhes o rei. - Sei muito bem que meu país é pouca coisa, mas quando alguém se sente razoavelmente bem num lugar, deve permanecer nele. Certamente não tenho o direito de reter estrangeiros. É uma tirania que não faz parte de nossos costumes nem de nossas leis. Todos os homens são livres. Podem partir quando quiserem, mas a saída é muito difícil. É impossível remontar a rápida correnteza do rio pela qual chegaram por milagre e que corre sob abóbadas de rochedos. As montanhas que cercam todo meu reino têm dez mil pés de altura e estão a pique como muralhas. Cada uma delas ocupa um espaço de mais de dez léguas de largura.

Só é possível descer por precipícios. Entretanto, já que fazem questão mesmo de partir, vou dar ordens aos intendentes das máquinas para fazerem uma que possa transportá-los confortavelmente. Quando os tiverem conduzido para o outro lado das montanhas, ninguém poderá acompanhá-los, pois meus súditos fizeram voto de nunca saírem de seu recinto e são muito sensatos para descumprir seu voto. Exceto isso, podem me pedir tudo o que lhes aprouver.

– Só pedimos a Vossa Majestade, - disse Cacambo, - alguns carneiros carregados de víveres, seixos e lama do país.

O rei sorriu.

– Não posso entender, - disse ele, - esse gosto que sua gente da Europa tem por nossa lama amarela, mas podem levar quanto quiserem e que lhes seja de bom proveito.

Ordenou imediatamente a seus engenheiros para que fizessem uma máquina para guindar aqueles dois homens extraordinários para fora do reino. Três mil bons físicos trabalharam no projeto. Ficou pronta ao cabo de quinze dias e não custou mais de vinte milhões de libras esterlinas, moeda do país. Puseram Cândido e Cacambo na máquina. Havia dois grandes carneiros vermelhos encilhados para lhes servir de montaria, tão logo tivessem ultrapassado as montanhas, mais vinte carneiros de carga carregados de víveres, trinta que levavam presentes de tudo o que o país tem de mais curioso e cinquenta carregados de ouro, pedras preciosas e diamantes. O rei abraçou carinhosamente os dois vagabundos.

Foi um belo espetáculo a partida deles e o jeito engenhoso como foram içados, eles e seus carneiros, no topo das montanhas. Os físicos se despediram deles depois de os terem deixado em segurança. Cândido não teve outro desejo nem outro objetivo, senão o de apressar-se em ir apresentar seus carneiros para a senhorita Cunegundes.

– Temos, - disse ele, - como pagar o governador de Buenos Aires, se a senhorita Cunegundes pudesse ser posta a prêmio. Vamos para Caiena, embarquemos e veremos depois que reino poderemos comprar.

Capítulo XIX

O que aconteceu no Suriname e de que maneira Cândido conheceu Martim

O primeiro dia de nossos dois viajantes foi bastante agradável. Estavam animados com a ideia de ver-se possuidores de mais tesouros que a Ásia, Europa e África podiam reunir. Cândido, arrebatado, escreveu o nome de Cunegundes nas árvores. No segundo dia, dois de seus carneiros afundaram em pântanos e foram tragados junto com suas cargas. Outros dois carneiros morreram de cansaço alguns dias depois. Sete ou oito morreram em seguida de fome num deserto. Outros caíram em precipícios, ao fim de alguns dias. Enfim, depois de cem dias de marcha, só lhes sobraram dois carneiros. Cândido disse a Cacambo:

— Meu amigo, vê como as riquezas deste mundo são perecíveis. Não há nada sólido, além da virtude e a ventura de rever a senhorita Cunegundes.

— Concordo, - disse Cacambo, - mas ainda nos restam dois carneiros com mais tesouros que o rei da Espanha jamais poderá ter e estou vislumbrando ao longe uma cidade que desconfio que possa ser Suriname, pertencente aos holandeses. Chegamos ao fim de nossas dificuldades e ao início da nossa felicidade.

Ao aproximar-se da cidade, encontraram um negro estendido no chão, com apenas metade da roupa, isto é, com umas calças de pano azul. Faltava àquele pobre homem a perna esquerda e a mão direita.

— Meu Deus! - disse-lhe Cândido em holandês. Que fazes aqui, meu amigo, no estado horrível em que te vejo?

— Estou esperando meu amo, senhor Vanderdendur, famoso negociante, - respondeu o negro.

— Foi o Sr. Vanderdendur, - disse Cândido, - que te tratou desse jeito?

— Sim, Senhor, - disse o negro, - é o costume. Dão-nos como única roupa umas calças de lona duas vezes por ano. Quando trabalhamos nos engenhos e a mó nos agarra o dedo, cortam-nos a mão. Quando queremos fugir, nos cortam a perna. Foi meu caso nas duas vezes. É a esse preço que vocês comem açúcar na Europa. Entretanto, quando minha mãe me vendeu por dez escudos patagônicos na costa da Guiné, me dizia: "Meu querido filho, dá graças a nossos fetiches, adora-os sempre, te farão viver feliz, tens a honra de ser escravo dos brancos, nossos senhores, e com isso fazes a fortuna de teu pai e de tua mãe." Infelizmente, não sei se fiz a fortuna deles, mas não fizeram a minha. Os cães, os macacos e os papagaios são mil vezes menos infelizes que nós. Os fetiches holandeses, que me converteram, dizem-me todos os domingos que somos todos filhos de Adão, brancos e negros. Não sou genealogista, mas se esses pregadores dizem a verdade, somos todos primos em primeiro grau. Ora, os senhores terão de reconhecer que não se pode agir com parentes de modo mais horrível.

– Ó Pangloss! - exclamou Cândido. - Você não tinha adivinhado esta abominação. Não tem jeito, terei finalmente de renunciar a teu otimismo.

– O que é o otimismo? - perguntava Cacambo.

– Ah! - disse Cândido, - é a mania de sustentar que tudo está bem quando tudo está mal.

E derramava lágrimas contemplando o negro e, chorando, entrou no Suriname.

A primeira coisa que procuram saber é se há no porto algum navio que pudesse ser mandado para Buenos Aires. O homem a quem se dirigiram era justamente um comandante espanhol que se ofereceu para fazer com eles um contrato honesto. Marcou encontro numa taverna. Cândido e seu fiel Cacambo foram para lá, esperando-o com seus dois carneiros.

Cândido, com o coração na boca, contou para o espanhol todas as suas aventuras e confessou-lhe que queria resgatar a senhorita Cunegundes.

– Deus me livre de transportá-los para Buenos Aires, - disse o comandante. - Seria enforcado e você também. A bela Cunegundes é a amante favorita de monsenhor.

Aquilo foi como um raio para Cândido. Chorou durante muito tempo. Finalmente, puxou Cacambo para um lado e disse:

– Meu caro amigo, aí está que você tem de fazer. Cada um de nós tem no bolso cinco ou seis milhões em diamantes. Você é mais ágil que eu. Vá buscar a senhorita Cunegundes em Buenos Aires. Se o governador opuser alguma dificuldade, dê-lhe um milhão. Se não se render, dê-lhe dois. Você não matou nenhum inquisidor, não desconfiarão. Equiparei outro navio. Vou esperar você em Veneza que é um país livre, onde não há nada a temer dos búlgaros, dos ábaros, nem dos judeus ou dos inquisidores.

Cacambo aplaudiu essa sábia resolução. Estava desesperado por ter de separar-se de um bom amo que se havia tornado seu amigo íntimo, mas o prazer de ser-lhe útil foi mais forte que a dor de deixá-lo. Abraçaram-se, em lágrimas. Cândido recomendou-lhe que não se esquecesse da boa velha. Cacambo partiu no mesmo dia. Esse Cacambo era um homem excelente.

Cândido permaneceu ainda por algum tempo no Suriname e esperou que outro comandante se prontificasse a levá-lo para a Itália, com os dois carneiros que lhe sobravam. Contratou criados e comprou tudo o que era necessário para uma longa viagem. Por fim, o senhor Vanderdendur, comandante de um grande navio, foi procurá-lo.

— Quanto o senhor quer, - perguntou a esse homem, - para levar-me diretamente para Veneza, eu, minha criadagem, minha bagagem e esses dois carneiros?

O comandante fixou o preço em dez mil piastras. Cândido não hesitou.

— Oh! Oh! - disse consigo o prudente Vanderdendur. - Este estrangeiro dá dez mil piastras de uma vez! Deve ser muito rico.

Voltando logo depois, veio dizer que não poderia partir por menos de vinte mil.

— Pois bem, serão vinte, - disse Cândido.

— Oba! - murmurou bem baixinho o negociante, - este homem dá vinte mil piastras tão facilmente quanto dez mil.

Voltou mais uma vez e disse que não poderia levá-lo para Veneza por menos de trinta mil piastras.

— Então terá as trinta mil piastras, - respondeu Cândido.

— Oh, oh!- disse novamente consigo o comerciante holandês, trinta mil piastras não são nada para esse homem. Sem dúvida, os dois carneiros devem estar carregando tesouros imensos. Não vamos insistir mais. Vamos cobrar primeiro as trinta mil piastras e depois veremos.

Cândido vendeu dois pequenos diamantes, sendo que o menor valia mais que todo o dinheiro pedido pelo negociante. Pagou adiantado. Os dois carneiros foram embarcados. Cândido seguia num bote para alcançar o navio no ancoradouro. O comandante não perde tempo, põe a vela, larga as amarras. O vento está a favor. Cândido, fora de si e estupefato, logo o perde de vista.

— Ah! - gritou, - aí está um golpe digno do velho mundo.

Volta para terra, imerso em dor, porque, afinal, havia perdido o equivalente para fazer a fortuna de vinte monarcas.

Vai ter com o juiz holandês e, como estava um pouco transtornado, bate à porta de maneira rude. Entra, expõe seu caso e grita um pouco mais do que convinha. O juiz começou por cobrar-lhe uma multa de dez mil piastras pelo barulho que fizera. Depois, ouviu-o pacientemente, prometeu-lhe examinar seu caso assim que o negociante retornasse e cobrou mais dez mil piastras correspondentes às despesas da audiência.

Esse procedimento acabou por levar Cândido ao desespero. Na verdade, havia suportado desgraças mil vezes mais dolorosas, mas o sangue-frio do juiz, bem como o do comandante por quem fora roubado, afetou-lhe a bílis e o deixou mergulhado numa melancolia sombria. A maldade dos homens se apresentava em sua mente com toda a sua feiura. Só se alimentava com ideias tristes. Finalmente, como um navio francês estava prestes a partir para Bordéus e como não tinha mais carneiros carregados de diamantes para embarcar, alugou um camarote do navio por um preço razoável e mandou espalhar pela cidade que pagaria a passagem, a alimentação e daria duas mil piastras para o homem honrado que aceitasse fazer a viagem em sua companhia, sob a condição de que esse homem fosse o mais desgostoso de sua condição e o mais infeliz da província.

Apresentou-se uma multidão de pretendentes que não teria cabido numa frota. Querendo escolher entre os mais distintos, Cândido selecionou umas vinte pessoas que lhe pareciam bastante sociáveis e que todas pretendiam merecer a preferência. Reuniu-as em sua estalagem, ofereceu-lhes um jantar, com a condição de que cada uma jurasse contar fielmente sua história, prometendo escolher aquele que lhe parecesse mais digno de compaixão e mais descontente com sua situação, e daria aos outros algumas gratificações.

A sessão durou até as quatro da madrugada. Cândido, ao ouvir todas as suas aventuras, lembrava-se do que lhe dissera a velha a caminho de Buenos Aires e da aposta que fizera, de que não haveria ninguém no navio a quem não tivessem acontecido grandes desgraças. A cada aventura que lhe contavam, pensava em Pangloss. "Esse Pangloss, dizia, teria muita dificuldade para demonstrar seu sistema. Gostaria que estivesse aqui. Com certeza, é no Eldorado e não no resto da terra que tudo vai bem." Finalmente decidiu-se por um pobre sábio que trabalhara durante dez anos para os livreiros de Amsterdã. Entendeu que não havia no mundo profissão que possa inspirar mais desgosto.

Esse sábio, que por outro lado era um homem bom, fora roubado pela mulher, espancado pelo filho e abandonado pela filha que fora raptada por um português. Acabava de ser privado de um modesto emprego, com o qual se sustentava. Além disso, os pregadores de Suriname o perseguiam porque pensavam que fosse sociniano. A bem da verdade, os outros eram pelo menos tão infelizes quanto ele, mas Cândido esperava que o sábio o haveria de distrair durante a viagem. Todos os outros rivais acharam que Cândido estava cometendo uma grande injustiça, mas ele os apaziguou dando a cada um cem piastras.

Capítulo XX

O que aconteceu a Cândido e Martim durante a viagem por mar

O velho sábio, que se chamava Martim, embarcou então para Bordéus com Cândido. Ambos tinham visto e sofrido muito. Mesmo que o navio tivesse de zarpar do Suriname para o Japão, passando pelo cabo de Boa Esperança, teriam tido como se entreter sobre o mal moral e o mal físico durante toda a viagem.

Entretanto, Cândido levava grande vantagem sobre Martim. Esperava ainda e sempre rever a senhorita Cunegundes, enquanto Martim não tinha nada a esperar. Além disso, tinha ouro e diamantes e, embora tivesse perdido cem gordos carneiros vermelhos carregados com os maiores tesouros da terra, embora estivesse ainda amargurado com a velhacaria comandante holandês, quando pensava no que lhe sobrava nos bolsos e quando falava de Cunegundes, principalmente no fim da refeição, sentia-se então inclinado para o sistema de Pangloss.

— Mas e o senhor, Martim, - perguntou ao sábio, - o que pensa de tudo isso? Qual é sua opinião sobre o mal moral e o mal físico?

— Senhor, - respondeu Martim, - os padres me acusaram de ser sociniano, mas a verdade é que sou maniqueísta.

— Está zombando de mim, - disse Cândido, - não há mais maniqueístas no mundo.

— Ainda existe um, que sou eu, - disse Martim. - Não sei o que fazer, mas não posso pensar de outro jeito.

— Deve estar com o diabo no corpo, - disse Cândido.

— Ele se mete de maneira tão incisiva nas coisas deste mundo, - disse Martim, - que é bem possível que ele esteja no meu corpo, como está em toda parte. Mas confesso que, lançando um olhar sobre este globo ou, melhor dizendo, neste glóbulo, acho que Deus o abandonou a algum ser maléfico, sempre com a exceção do Eldorado. Praticamente não vi cidade que não desejasse a ruína da cidade vizinha, família que não quisesse exterminar alguma outra família. Por toda parte, os fracos odeiam os poderosos, diante dos quais rastejam, e os poderosos os tratam como rebanhos, dos quais vendem a lã e a carne. Um milhão de assassinos arregimentados, correndo de uma ponta à outra da Europa, promovem a chacina e o banditismo com disciplina para ganhar seu pão, porque não têm profissão mais honrada; e nas cidades, que parecem gozar de paz e onde florescem as artes, os homens são devorados por mais inveja, cuidados e inquietações do que experimenta em flagelos uma cidade sitiada. Os desgostos secretos são ainda mais cruéis que as misérias públicas. Numa palavra, vi tantas coisas e sofri tantas, que sou maniqueísta.

— No entanto, há um lado bom, - retrucava Cândido.

— Pode ser, - dizia Martim, - mas não o conheço.

No meio dessa conversa, ouviu-se um barulho de canhão. O ruído redobra a cada momento. Cada um deles toma sua luneta. Avistam dois navios que combatiam a uma distância de aproximadamente três milhas. O vento levou os dois tão perto do navio francês que tiveram o prazer de assistir ao combate totalmente à vontade. Finalmente, um dos dois navios desferiu uma descarga tão baixa e tão certeira que o afundou. Cândido e Martim divisaram nitidamente uma centena de homens no convés do navio que estava afundando. Todos levantavam as mãos para o céu e soltavam clamores pavorosos. Num instante, tudo foi tragado.

— Pois bem, - disse Martim, - aí está como os homens se tratam uns aos outros.

— É bem verdade, - disse Cândido, - que há qualquer coisa de diabólico nisso.

Enquanto assim falava, percebeu algo de um vermelho vivo que nadava perto do navio. Desataram o bote para ver o que podia ser.

Era um de seus carneiros. Cândido sentiu mais alegria ao achar aquele carneiro do que a aflição que havia provado ao perder cem deles, todos carregados de grandes diamantes do Eldorado.

O capitão francês percebeu logo que o capitão do navio vencedor era espanhol e que aquele do navio submerso era um pirata holandês. Era precisamente o mesmo que havia roubado Cândido. As imensas riquezas de que esse celerado se apoderara foram sepultadas junto com ele no mar, e só se salvou um carneiro.

– Está vendo, - disse Cândido a Martim, - que o crime, às vezes, é punido. Esse velhaco de comandante holandês teve a sorte que merecia.

– Sim, - disse Martim, - mas os passageiros que estavam no navio dele tinham que morrer também? Deus castigou esse patife, o diabo afogou os outros.

Entretanto, o navio francês e o espanhol seguiram caminho, e Cândido continuou sua conversa com Martim. Discorreram quinze dias seguidos e, ao cabo de quinze dias, estavam tão adiantados como no primeiro. Mas pelo menos estavam falando, trocavam ideias, consolavam-se. Cândido acariciava seu carneiro. "Já que te encontrei, disse, poderei encontrar também Cunegundes."

Capítulo XXI

Cândido e Martim se aproximam da costa da França e continuam filosofando

Avistaram finalmente a costa da França.

– Já esteve alguma vez na França, senhor Martim? - perguntou Cândido.

– Já, - respondeu Martim,- percorri várias províncias. Há províncias onde a metade dos habitantes é louca, algumas onde as pessoas são muito espertas, outras onde as pessoas são geralmente bastante pacíficas e tontas, outras onde têm espírito; e, em todas, a principal ocupação é o amor, a segunda é a maledicência e a terceira, dizer tolices.

– Mas, senhor Martim, já esteve em Paris?

– Sim, já vi Paris. Lá se encontra um pouco de tudo isso. É um caos, é um amontoado de gente, onde todos buscam o prazer e onde quase ninguém o encontra, pelo menos foi essa a impressão que tive. Passei pouco tempo em Paris; na chegada, uns larápios roubaram-me tudo o que eu tinha na feira de Saint-Germain, eu mesmo fui tomado por ladrão e fiquei oito dias na prisão. Depois disso, tornei-me revisor de tipografia para ganhar com que voltar a pé para a Holanda. Conheci a canalha escrevente, a canalha litigante e a canalha convulsionária. Dizem que há pessoas muito educadas naquela cidade; quero crer que assim seja.

— Quanto a mim, - disse Cândido, - não tenho a mínima curiosidade de ver a França. Deve perceber facilmente que, quando alguém passou um mês no Eldorado, a única coisa que almeja ver na terra é a senhorita Cunegundes. Vou esperá-la em Veneza. Vamos atravessar a França para chegar à Itália. Não vai me acompanhar?

— Com todo o prazer, - disse Martim. - Dizem que Veneza é boa unicamente para os nobres venezianos, mas dizem, no entanto, que os estrangeiros são muito bem recebidos por lá, quando têm muito dinheiro. Eu não tenho nada, o senhor tem, vou segui-lo por toda parte.

— A propósito, - disse Cândido, - o senhor acha que a terra foi na origem um mar, como se afirma neste livro grosso que pertence ao capitão do navio?

— Não acredito em nada disso, - disse Martim, - como também não acredito em nenhum dos devaneios que nos vêm impingindo há algum tempo.

— Mas para que fim foi então formado este mundo? - perguntou Cândido.

— Para nos atormentar, - respondeu Martim.

— O senhor não fica admirado, prosseguiu Cândido, com o amor que aquelas duas moças do país dos Orelhudos tinham por aqueles dois macacos, conforme a aventura que lhe contei?

— Absolutamente, - disse Martim. - Não vejo o que tem de estranho nessa paixão. Já vi tantas coisas extraordinárias, que para mim não há mais nada de extraordinário.

— O senhor acha, - perguntou Cândido, - que os homens sempre se massacraram como o fazem hoje? Que sempre foram mentirosos, velhacos, pérfidos, ingratos, revoltados, fracos, volúveis, covardes, invejosos, glutões, beberrões, avarentos, ambiciosos, sanguinários, caluniadores, depravados, fanáticos, hipócritas e tolos?

— O senhor acredita, - disse Martim, - que os gaviões tenham sempre devorado pombos quando lhes surgia a oportunidade?

— Sem dúvida, - disse Cândido.

— Pois é, - concluiu Martim, - se os gaviões sempre tiveram o mesmo caráter, como quer que os homens tenham mudado o deles?

— Oh! - disse Cândido, - há muita diferença, pois o livre-arbítrio... Enquanto assim filosofavam, chegaram a Bordéus.

Capítulo XXII

O que aconteceu na França com Cândido e Martim

Cândido só se deteve em Bordéus o tempo necessário para vender alguns pedregulhos do Eldorado e para comprar uma boa liteira de dois lugares, pois já não podia mais passar sem seu filósofo Martim. Só ficou muito chateado por ter de separar-se de seu carneiro, que o deixou para a Academia de Ciências de Bordéus, a qual propôs para tema do concurso daquele ano descobrir porque a lã daquele animal era vermelha. O prêmio foi adjudicado a um cientista do norte que demonstrou por A mais B, menos C dividido por Z, que o carneiro devia ser vermelho e morrer de sarna.

Entrementes, todos os viajantes que Cândido encontrava nas estalagens do caminho lhe diziam: "Estamos indo a Paris." Esse alvoroço generalizado deu-lhe finalmente vontade de ver essa capital. Não seria desviar-se muito do caminho para Veneza.

Entrou pelo subúrbio de Saint-Marceau e pensou estar na pior aldeia da Vestfália.

Mal chegou à hospedaria, Cândido foi acometido por uma leve indisposição, causada pelo cansaço. Como usava no dedo um diamante enorme e como tinham visto em sua bagagem um pequeno cofre incrivelmente pesado, teve logo junto de si dois médicos que não tinha mandado chamar, alguns amigos íntimos que não o deixaram e duas beatas que lhe preparavam caldos.

Martim dizia: "Lembro-me de ter adoecido também em Paris, na minha primeira viagem. Era muito pobre, de modo que nunca tive amigos, nem beatas, nem médicos e fiquei bom."

Entretanto, à força de remédios e sangrias, a doença de Cândido acabou se tornando grave. Um padre da freguesia chegou com bons modos pedir-lhe uma promissória ao portador, pagável no outro mundo. Cândido não quis saber de nada. As beatas garantiram-lhe que era uma nova moda. Cândido respondeu que não era homem de modas. Martim quis jogar o padre pela janela. O clérigo jurou que não enterrariam Cândido. Martim jurou que enterraria o clérigo se continuasse a importuná-los. A briga esquentou. Martim agarrou-o pelos ombros e o expulsou rudemente. Isso causou grande escândalo, do qual foi lavrada ocorrência.

Cândido sarou. Durante a convalescença, teve ótima companhia à mesa. Jogava-se alto. Cândido estranhou muito que os ases não caíam nunca em sua mão. Martim não estranhava nada.

Entre aqueles que lhe faziam as honras da cidade, havia um padre baixinho de Périgord, um desses tipos solícitos, sempre alerta, sempre prestativos, descarados, grudentos, conciliadores, que ficam espreitando os estrangeiros quando chegam, contam a história escandalosa da cidade e lhe oferecem prazeres de todos os preços. Este levou primeiro Cândido e Martim ao teatro. Estava sendo apresentada uma tragédia nova. Cândido ficou sentado ao lado de algumas pessoas de gosto refinado. Nem por isso deixou de chorar em cenas perfeitamente interpretadas. Um dos críticos que estavam a seu lado lhe disse num intervalo:

— O senhor faz muito mal em chorar. Esta atriz é muito ruim, o ator que contracena com ela é pior ainda. A peça é ainda pior que os atores. O autor não sabe uma palavra de árabe e, no entanto, a cena se passa na Arábia. Além disso, é um homem que não acredita nas ideias inatas. Amanhã lhe trarei vinte folhetos contra ele.

— Quantas peças de teatro há na França, meu senhor? - perguntou Cândido ao padre.

— Cinco ou seis mil, - respondeu este.
— É muito, - disse Cândido. - Quantas são boas?
— Quinze ou dezesseis, - replicou o outro.
— É muito, - disse Martim.

Cândido se agradou muito de uma atriz que fazia o papel da rainha Elisabeth numa tragédia bastante chata que é encenada de vez em quando.

— Gosto muito dessa atriz, - disse para Martim. - Ela lembra Cunegundes. Gostaria muito de cumprimentá-la.

O padre ofereceu-se para fazer as apresentações. Como fora educado na Alemanha, Cândido perguntou qual era a etiqueta e como eram tratadas na França as rainhas da Inglaterra.

– É preciso fazer distinções, - disse o padre. - No interior, são levadas aos cabarés; em Paris, são respeitadas quando bonitas, e são jogadas no lixo quando morrem.

– Rainhas no lixo! - disse Cândido.

– É verdade, - disse Martim, - o padre tem razão. Eu estava em Paris, quando a senhorita Monime passou, como se diz, desta para a melhor. Recusaram-lhe o que o povo daqui chama de honras da sepultura, isto é, o direito de apodrecer com todos os mendigos do bairro num cemitério feio. Foi enterrada, no maior isolamento, na esquina da rua Borgonha, o que deve ter-lhe causado imenso pesar, pois tinha pensamentos muito nobres.

– Isto foi muita falta de educação, - disse Cândido.

– O que se pode fazer, - disse Martim, - o povo daqui é assim. Imagine todas as contradições, todas as incompatibilidades possíveis e poderá encontrá-las no governo, nos tribunais, nas igrejas, nos espetáculos desta extravagante nação.

– É verdade que todos estão sempre rindo em Paris? - perguntou Cândido.

– É, - disse o padre, - mas riem de raiva, pois aqui se queixam de tudo com grandes gargalhadas; até mesmo as mais detestáveis ações, as fazem rindo.

– Quem era, - disse Cândido, - esse porco que falava tão mal da peça, na qual chorei tanto, e dos atores que tanto me agradaram?

– É um pobre coitado, - respondeu o padre, - que ganha a vida falando mal de todas as peças e de todos os livros. Odeia todos aqueles que têm sucesso, como os eunucos odeiam os que gozam. É uma daquelas serpentes da literatura que se alimentam de lama e veneno. É um foliculário.

– O que o senhor chama de foliculário? - perguntou Cândido.

– É um fazedor de folhas, - disse o padre, um Fréron.

Era assim que Cândido, Martim e o padre de Périgord discorriam nas escadarias, vendo desfilar as pessoas que saíam do teatro.

– Embora tenha muita pressa de reencontrar a senhorita Cunegundes, - disse Cândido, - gostaria de jantar com a senhorita Clairon, pois me pareceu admirável.

O padre não era homem que se aproximasse da senhorita Clairon, que só frequentava boas companhias.

— Esta noite já tem compromisso, - disse, - mas terei a honra de levá-lo à casa de uma senhora de qualidade e aí conhecerá Paris como se tivesse passado aqui quatro anos.

Cândido, que era curioso por natureza, deixou-se levar à casa dessa senhora, no final do bairro Saint-Honoré. Estavam jogando faraó. Doze tristes parceiros seguravam cada um pequeno leque de cartas, registro amarrotado de seus infortúnios. Reinava profundo silêncio, a palidez se estampava no rosto dos parceiros, a preocupação naquele do banqueiro e a dona da casa, sentada perto daquele banqueiro implacável, observava com olhos de lince todas as manobras, todas as trapaças com que os jogadores marcavam as cartas. Pediam que não fizessem isso, com uma atenção severa, mas educada, e não ficava zangada, com medo de perder os fregueses. A dama fazia-se tratar de marquesa de Parolignac. Sua filha, de quinze anos, estava entre os parceiros e denunciava com um piscar de olhos as trapaças daqueles coitados que tentavam compensar as crueldades da sorte. O padre, Cândido e Martim entraram. Ninguém se levantou, ninguém os cumprimentou nem olhou para eles. Todos estavam profundamente entretidos com as cartas.

— A senhora baronesa de Thunder-ten-tronckh era mais civilizada, - disse Cândido.

Nisso, o padre aproximou-se do ouvido da marquesa, que se soergueu um pouquinho, concedeu a Cândido a honra de um sorriso gracioso e a Martim a de uma inclinação de cabeça extremamente nobre. Mandou oferecer uma cadeira e um baralho a Cândido que perdeu cinquenta mil francos em duas rodadas. Depois disso, todos cearam alegremente e todos ficaram surpresos que Cândido não se tivesse abalado com a perda. Os criados diziam entre si, em seu linguajar de criados: "Deve ser algum milorde inglês."

A ceia correu como a maioria das ceias parisienses. Primeiro, silenciosa, depois um rumor de palavras indistintas, mais tarde piadas quase todas insípidas, boatos, arrazoados equivocados, um pouco de política e muita maledicência. Falaram até de livros novos.

— Já leram, - perguntou o padre, - o romance de Gauchat, doutor em teologia?

— Já, - respondeu um dos convivas, - mas não consegui terminar de lê-lo. Temos uma multidão de escritos impertinentes, mas todos juntos não se aproximam da impertinência de Gauchat, doutor em teologia. Estou tão farto desse mar de livros detestáveis que nos inundam, que comecei a apostar no jogo do faraó.

– E as Miscelâneas do arcediago T..., que me dizem delas? - indagou o padre.

– Ah! - disse a marquesa de Parolignac, um tédio mortal! Como ele diz de maneira curiosa o que todo mundo já sabe! Como discorre pesadamente a respeito do que não vale a pena ser notado sequer de leve! Como se apropria sem imaginação do espírito dos outros! Como estraga o que plagia! Como me aborrece! Mas não voltará a aborrecer-me; basta ter lido algumas páginas do arcediago.

Havia à mesa um homem sábio e de bom gosto que apoiou o que a marquesa dizia. Passou-se a seguir a falar de tragédias. A marquesa perguntou por que havia tragédias que eram encenadas de vez em quando e que não se podia ler. O homem de bom gosto explicou muito bem como uma peça podia ter algum interesse e não ter quase mérito nenhum. Provou em poucas palavras que não bastava descrever uma ou duas daquelas situações que se encontram nos romances e que sempre seduzem os espectadores, mas que é preciso ser novo sem ser bizarro, muitas vezes sublime e sempre natural; conhecer o coração humano e fazê-lo falar; ser grande poeta sem que nenhum personagem da peça jamais pareça poeta; conhecer perfeitamente a língua, falá-la com pureza, com uma harmonia contínua, sem que a rima jamais sacrifique o sentido.

"Quem quer que seja, - acrescentou, - que deixe de observar todas essas regras, pode redigir uma ou duas tragédias aplaudidas no teatro, mas nunca será considerado bom escritor. Tragédias boas são muito poucas. Algumas são idílios em diálogos bem escritos e bem rimados; outras, raciocínios políticos que dão sono ou amplificações que decepcionam; outras ainda, sonhos de energúmeno, em estilo bárbaro, ideias interrompidas, longas apóstrofes aos deuses porque não sabem falar com os homens, falsas máximas, lugares-comuns empolados."

Cândido ouviu essas palavras com atenção e formou um alto conceito do orador. E, como a marquesa tivera o cuidado de colocá-lo a seu lado, aproximou-se de seu ouvido e tomou a liberdade de perguntar-lhe quem era aquele homem que falava tão bem.

– É um sábio, - disse a senhora, - que não aposta no jogo e que o padre traz, às vezes, para cear. Entende perfeitamente de tragédias e livros; escreveu uma tragédia que foi vaiada e um livro cujo único exemplar a sair das prateleiras de seu livreiro foi aquele que me dedicou.

— Que grande homem! - disse Cândido. É outro Pangloss.

Então, virando-se para ele, falou:

— Senhor, com certeza acha que tudo está pelo melhor no mundo físico e moral e que nada poderia ser diferente?

— Eu, senhor, - respondeu o sábio, - não penso nada disso. Acho que tudo está errado entre nós; que ninguém sabe qual é a sua posição, nem qual é seu cargo, nem o que faz, nem o que deve fazer e que, exceto o jantar, que é bastante alegre e onde parece haver bastante união, todo o resto do tempo se passa em querelas impertinentes: jansenistas contra molinistas, parlamentares contra eclesiásticos, literatos contra literatos, cortesãos contra cortesãos, financistas contra o povo, mulheres contra maridos, parentes contra parentes; é uma guerra eterna.

— Já vi coisa pior, - replicou Cândido. - Mas um sábio, que depois teve a infelicidade de ser enforcado, me ensinou que tudo isso ia às mil maravilhas; são sombras num belo quadro.

— Seu enforcado estava zombando do mundo, - disse Martim. - Suas sombras são manchas horríveis.

— São os homens que fazem as manchas, - disse Cândido, - e não podem deixar de fazê-las.

— Então não é culpa deles, - disse Martim.

A maioria dos jogadores, que não entendia nada dessa linguagem, estava bebendo. Martim conversava com o sábio e Cândido contou uma parte de suas aventuras à dona da casa.

Depois da ceia, a marquesa levou Cândido para sua sala e o fez sentar num canapé.

— Então, - disse, - ainda está perdidamente apaixonado pela senhorita Cunegundes de Thunder-ten-tronckh?

— Sim, senhora, - respondeu Cândido.

A marquesa replicou com um terno sorriso:

— Você me responde como um jovem da Vestfália. Um francês me teria me dito: "É verdade que amei a senhorita Cunegundes, mas olhando para a senhora, acho que não a amo mais."

— Ah! minha senhora, - disse Cândido, -responderei como a senhora quiser.

— Sua paixão por ela, - disse a marquesa, - começou ao recolher o lenço dela; quero que apanhe minha liga.

— De todo o coração, - disse Cândido.

E a apanhou.

— Mas quero que a coloque novamente em seu lugar, - disse a dama.

E Cândido a recolocou no lugar.

— Deve entender, - disse a senhora, - o senhor é estrangeiro. Às vezes, deixo meus amantes de Paris penar por quinze dias, mas entrego-me ao senhor logo na primeira noite, porque é preciso fazer as honras do país a um rapaz da Vestfália.

A bela, tendo percebido dois enormes diamantes nas mãos de seu jovem forasteiro, elogiou-os com tanta boa fé que dos dedos de Cândido passaram para os dedos da marquesa.

Ao se retirar com seu padre de Périgord, Cândido sentiu remorsos por ter sido infiel à senhorita Cunegundes. O padre compartilhou de seu pesar. Só lhe cabia uma pequena parte das cinquenta mil libras perdidas no jogo por Cândido e no valor dos dois brilhantes, metade dados, metade extorquidos. Seu objetivo era aproveitar, quanto possível, das vantagens que suas relações com Cândido podiam proporcionar-lhe. Falou muito de Cunegundes, e Cândido lhe disse que pediria perdão à bela por sua infidelidade, quando a visse em Veneza.

O padre se desdobrava em polidez e atenção e mostrava um carinhoso interesse em tudo o que Cândido dizia, em tudo o que queria fazer.

— Então, o senhor tem um encontro em Veneza? - disse-lhe.

— Sim, padre, - replicou Cândido. - Preciso impreterivelmente ir encontrar a senhorita Cunegundes.

Então, enlevado pelo prazer de falar daquilo de que gostava, contou, segundo seu costume, parte de suas aventuras com aquela ilustre vestfaliana.

— Acho, - disse o padre, - que a senhorita Cunegundes tem muito espírito e deve escrever cartas encantadoras!

— Nunca recebi uma carta sequer, - disse Cândido, - pois imagine que, tendo sido expulso do castelo por amor por ela, nunca pude escrever-lhe e que, pouco tempo depois, soube que ela tinha morrido, tornei a encontrá-la mais tarde, a perdi novamente, e mandei a duas mil e quinhentas léguas daqui um mensageiro cuja resposta estou esperando.

O padre ouvia atentamente e parecia um pouco pensativo. Despediu-se logo dos dois estrangeiros, após tê-los abraçado afetuosamente. No dia seguinte, ao despertar, Cândido recebeu uma carta redigida nestes termos:

"*Meu senhor, meu caríssimo amante, faz oito dias que estou doente nesta cidade; fiquei sabendo que também estava aqui. Voaria para seus braços se pudesse me mexer. Soube de sua passagem por Bordéus; deixei lá o fiel Cacambo e a velha que devem juntar-se a mim em breve. O governador de Buenos Aires tirou-me tudo, mas ainda me resta seu coração. Venha, sua presença me devolverá a vida ou me fará morrer de prazer."*

Essa carta encantadora, essa carta inesperada transportou Cândido numa alegria indizível, mas a doença de sua querida Cunegundes acabrunhou-o de dor. Dividido entre esses dois sentimentos, pega seu ouro e diamantes, e pede para ser levado com Martim à hospedaria onde estava a senhorita Cunegundes. Entra, tremendo de emoção, o coração palpitante, a voz embargada. Procura abrir as cortinas do leito, pede que tragam luz.

— Não faça isso, por favor, - disse a criada, - a luz vai matá-la.

E fecha a cortina bruscamente.

— Minha querida Cunegundes, - disse Cândido, chorando, - como está? Se não pode me ver, pelo menos fale comigo.

— Não pode falar, - disse a criada.

A dama estende então para fora da cama uma mão gorducha que Cândido passa a regar com suas lágrimas e a encher de diamantes, deixando um saco cheio de ouro na poltrona.

No meio de seus transportes, chega um oficial de polícia, seguido pelo padre de Périgord e por uma escolta.

— Aqui estão, - disse ele, - os dois estrangeiros suspeitos?

Manda-os prender na mesma hora, e ordena que seus soldados os levem para a prisão.

— Não é assim que são tratados os viajantes no Eldorado, - disse Cândido.

— Sou mais maniqueísta que nunca, - disse Martim.

— Mas, senhor, para onde está nos levando, - disse Cândido.

— Para um calabouço, - disse o oficial.

Recobrando o sangue-frio, Martim descobriu que a senhora que pretendia ser Cunegundes era uma vigarista; o padre de Périgord, um tratante que tinha mais que depressa abusado da inocência de Cândido, e o oficial, outro vigarista de quem haveria como livrar-se facilmente.

Em vez de expor-se aos procedimentos jurídicos, Cândido, convencido pelos conselhos de Martim e, além disso, sempre impaciente por rever a verdadeira Cunegundes, oferece ao oficial três pequenos diamantes de mais ou menos três mil pistolas cada.

– Ah! Senhor, - disse o homem do bastão de marfim, ainda que tivesse cometido todos os crimes imagináveis, seria o homem mais honesto do mundo. Três diamantes! Cada um de três mil pistolas! Senhor! Daria minha vida pelo senhor, em vez de levá-lo para o calabouço. Estão prendendo todos os estrangeiros, mas deixe comigo. Tenho um irmão em Dieppe, na Normandia, vou levá-lo até lá. Se tiver algum diamante para dar a ele, cuidará do senhor tão bem quanto eu.

– E por que estão prendendo os estrangeiros? - perguntou Cândido.

O padre de Périgord tomou então a palavra para dizer:

– É porque um miserável do país de Atrebácia ouviu dizer tolices, o que bastou para que cometesse um parricídio, não como aquele do mês de maio de 1610, mas como o do mês de dezembro de 1594, e igual a vários outros cometidos em outros anos e outros meses por outros miseráveis que também ouviram dizer tolices.

O oficial explicou então do que se tratava.

-Ah! que monstros! - exclamou Cândido. - O quê! Tamanhos horrores num povo que dança e que canta! Será que não poderei sair mais rápido deste país onde os macacos provocam os tigres? Vi ursos em meu país. Homens, só os vi no Eldorado. Em nome de Deus, senhor oficial, me leve para Veneza, onde devo esperar a senhorita Cunegundes.

– Só posso levá-lo até a baixa Normandia, - disse o chefe de polícia.

Imediatamente, manda que lhe tirem os ferros, diz que se enganou, dispensa a escolta e leva Cândido e Martim para Dieppe, onde os deixa nas mãos de seu irmão. Havia no porto um pequeno navio holandês. O normando que, com a ajuda de três outros diamantes, tinha se tornado o mais prestativo dos homens, embarca Cândido e sua criadagem no navio que ia zarpar para Portsmouth, na Inglaterra. Não era o caminho de Veneza; mas Cândido acreditava ter-se livrado do inferno e contava retomar o caminho de Veneza na primeira oportunidade.

Capítulo XXIII

Cândido e Martim vão para a costa da Inglaterra; o que veem por lá

— Ah! Pangloss! Pangloss! Ah! Martim! Martim! Ah, minha querida Cunegundes! Que mundo é este? - dizia Cândido no navio holandês.
— Algo muito louco e abominável, - respondia Martim.
— Conhece a Inglaterra; será que por lá são tão loucos como na França?
— É outro tipo de loucura, - disse Martim. Sabe que essas duas nações estão em guerra por causa de alguns acres de neve lá pelo Canadá e que gastam nessa bela guerra muito mais do que vale todo o Canadá. Dizer-lhe precisamente se há mais gente para internar num país ou no outro, minhas fracas luzes não me permitem chegar até lá. Só sei que, de um modo geral, as pessoas que vamos ver são de todo coléricas.

Enquanto assim falavam, aportaram em Portsmouth. Uma multidão cobria a orla e olhava atentamente um homem bastante gordo que estava ajoelhado, de olhos vendados, no convés de um dos navios da frota. Quatro soldados, postados na frente dele, lhe atiraram cada um três balas no crânio, com a maior tranquilidade deste mundo, e toda a assembleia foi embora extremamente satisfeita.

— O que vem a ser tudo isto? - perguntou Cândido. Que demônio é esse que exerce seu poder em toda parte?

Perguntou ainda quem era aquele homem gordo que acabava de ser executado com toda a cerimônia.

— É um almirante, - responderam-lhe.
— E por que mataram esse almirante?
— Porque, - disseram-lhe, - não mandou matar bastante gente. Travou um combate com um almirante francês e acharam que não tinha se aproximado dele o suficiente.
— Mas, - disse Cândido, o almirante francês estava tão longe do almirante inglês quanto ele estava do outro!
— Isto é incontestável, - replicaram-lhe, - mas neste país, é bom matar de vez em quando um almirante para encorajar os outros.

Cândido ficou tão atordoado e tão chocado com que estava vendo e ouvindo, que nem quis pôr os pés em terra firme e entrou em acordo com o comandante holandês (correndo o risco de ser roubado por ele como havia sido por aquele de Suriname) para que o levasse sem demora a Veneza.

O comandante ficou pronto dois dias depois. Costearam a França, passaram ao largo de Lisboa e Cândido estremeceu. Entraram no estreito e no Mediterrâneo. Finalmente, aportaram em Veneza.

– Deus seja louvado! - disse Cândido, abraçando Martim. É aqui que vou voltar a ver a bela Cunegundes. Confio tanto em Cacambo como em mim mesmo. Tudo está bem, tudo vai bem, tudo vai da melhor maneira possível.

Capítulo XXIV
Paquette e Frei Giroflée

Assim que chegou a Veneza, mandou procurar Cacambo em todas as tabernas, em todos os cafés, em todas as casas de mulheres, e não foi encontrado. Todos os dias mandava pedir informações em todos os navios e todos os barcos: nenhuma notícia de Cacambo.

– Mas como! - dizia para Martim, tive tempo de passar do Suriname para Bordéus, de ir de Bordéus a Paris, de Paris a Dieppe, de Dieppe a Portsmouth, de costear Portugal e Espanha, atravessar todo o Mediterrâneo, passar alguns meses em Veneza, e a bela Cunegundes ainda não chegou! Em lugar dela só encontrei uma espertalhona e um padre de Périgord! Sem dúvida, Cunegundes deve estar morta, só me resta morrer. Ah! teria sido melhor ficar no paraíso do Eldorado em vez de voltar para esta maldita Europa. Como tem razão, caro Martim! Tudo não passa de ilusão e calamidade.

Caiu em negra melancolia e não quis saber da ópera alla moda nem dos outros divertimentos do carnaval. Nenhuma mulher lhe causou a menor tentação.

Martim lhe disse:

– É muita ingenuidade sua, na verdade, pensar que um criado mestiço, com cinco ou seis milhões no bolso, vá procurar sua amante no fim do mundo e trazê-la para você aqui em Veneza. Se a encontrar, ficará com ela. Se não a encontrar, pegará outra. Aconselho-o a esquecer seu criado Cacambo e sua amada Cunegundes.

Martim não era nada consolador. A melancolia de Cândido foi aumentando, e Martim não cessava de provar-lhe que havia pouca virtude e felicidade na terra, salvo talvez no Eldorado, onde ninguém podia ir.

Discorrendo sobre esse assunto importante e esperando Cunegundes, Cândido avistou um jovem teatino na praça de São Marcos, de braço dado com uma moça. O teatino parecia cheio de viço, rechonchudo, vigoroso. Tinha os olhos brilhantes, um ar seguro, porte altivo, andar altaneiro. A moça era muito bonita e estava cantando. Olhava apaixonadamente para seu teatino, e, de vez em quando, lhe beliscava as gordas bochechas.

— Pelo menos se deve reconhecer que as pessoas daqui são felizes, - disse Cândido a Martim. Até agora, em toda a terra habitável, exceto o Eldorado, só encontrei infelizes; mas esta moça e este teatino, aposto que são criaturas felizes.

— Aposto que não, - disse Martim.

— É só convidá-los para jantar, - disse Cândido, e verá se estou enganado.

Na mesma hora, aborda-os, cumprimenta-os e os convida para ir até sua hospedaria para comer macarrão, perdizes da Lombardia, ovas de esturjão e beber vinho de Montepulciano, Lacrima Christi, Chipre e Samos. A moça enrubesceu, o teatino aceitou o convite, e a moça acompanhou-o, olhando para Cândido com olhos de surpresa e confusão que algumas lágrimas vieram turvar. Mal entrou no quarto de Cândido, disse: "Então, o senhor Cândido não reconhece mais Paquette!"

Ao ouvir essas palavras, Cândido, que ainda não a tinha olhado com atenção, pois só estava preocupado com Cunegundes, disse-lhe:

— Ai!, - minha pobre menina, então foi você que pôs o doutor Pangloss no belo estado em que o vi?

— Infelizmente, meu senhor, fui eu mesma, - disse Paquette. Vejo que está a par de tudo. Soube das espantosas desgraças acontecidas a toda a casa da senhora baronesa e à bela Cunegundes. Juro que meu destino não foi realmente menos triste. Eu era muito inocente quando me conheceu. Um franciscano que era meu confessor não teve dificuldade em seduzir-me. As consequências foram horríveis. Fui forçada a deixar o castelo algum tempo depois que o senhor barão o mandou embora com pontapés no traseiro. Se um famoso médico não tivesse tido piedade de mim, teria morrido. Durante algum tempo, fui por gratidão a amante desse médico. Sua mulher, que era ciumenta como uma fera, batia em mim todos os dias, sem dó nem piedade; era uma fúria só. Aquele médico era o mais feio dos homens e eu a mais infeliz das criaturas por apanhar sem parar por causa de um homem que não amava. O senhor sabe como é perigoso, para uma mulher rabugenta, ser a esposa de um médico. Este, indignado com os modos de sua mulher, deu-lhe um dia, para tratar um pequeno resfriado, um remédio tão eficaz que ela morreu duas horas depois em terríveis convulsões. Os parentes da senhora abriram um processo criminal contra o médico. Ele fugiu, e eu fui parar na prisão. Minha inocência não teria bastado para salvar-me, se não tivesse tido certa beleza. O juiz liberou-me com a condição de ele ser o sucessor do médico. Fui logo suplantada por uma rival, expulsa sem compensação e obrigada a continuar essa profissão abominável que parece agradar tanto a vocês, homens, e que para nós não passa de um abismo de misérias. Fui exercer a profissão em Veneza. Ah! senhor, se pudesse imaginar o que é ser obrigada a acariciar indiferentemente um velho comerciante, um advogado, um monge, um gondoleiro, um padre; ser exposta a todos os insultos, todas as humilhações; ficar muitas vezes reduzida a pedir uma saia emprestada para deixá-la levantar por um homem asqueroso; ser roubada por um daquilo que foi ganho com outro; ser extorquida por oficiais de justiça e só ter como perspectiva uma velhice horrível, um hospital e um monturo; com tudo isso, chegaria à conclusão que sou uma das criaturas mais infelizes do mundo.

Paquette abria assim seu coração ao bom Cândido, numa sala reservada, na presença de Martim que dizia a Cândido: "Bem vê que já ganhei a metade da aposta."

Frei Giroflée tinha ficado na sala de jantar e estava bebendo um trago enquanto esperava a refeição.

– Mas, - disse Cândido a Paquette, - parecia tão alegre, tão contente quando a encontrei; estava cantando, acariciando o teatino com um semblante tão natural; pareceu-me tão feliz quanto ora se julga infeliz.

– Ah! senhor, - respondeu Paquette, - é mais uma das misérias da profissão. Ontem, fui roubada e espancada por um oficial e hoje tenho que parecer bem-humorada para agradar a um monge.

Cândido não quis saber mais nada. Admitiu que Martim estava

certo. Sentaram à mesa com Paquette e o teatino, a refeição foi bastante alegre e, já no final, falaram com alguma confiança.

— Padre, - disse Cândido ao monge, - o senhor parece gozar de um destino que todos devem invejar. A flor da saúde brilha em seu semblante, sua fisionomia anuncia felicidade. Tem uma linda moça para sua diversão e parece muito contente com sua condição de teatino.

— Palavra de honra, senhor, - disse Frei Giroflée, - gostaria que todos os teatinos estivessem no fundo do mar. Mais de cem vezes tive a tentação de atear fogo no convento e fazer-me turco. Com quinze anos, meus pais me obrigaram a vestir esta roupa detestável, para deixar mais fortuna para um maldito irmão mais velho que Deus confunda! O ciúme, a discórdia e a raiva residem no convento. É verdade que preguei alguns sermões medíocres que me valeram algum dinheiro, metade do qual me é roubado pelo prior; o resto serve para sustentar as moças. Mas quando à noite retorno ao mosteiro, minha vontade é de arrebentar a cabeça contra as paredes do dormitório. E todos os meus confrades estão na mesma situação.

Martim, - voltando-se para Cândido com seu sangue-frio costumeiro, disse:

— E agora, será que não ganhei a aposta inteira?

Cândido deu duas mil piastras a Paquette e mil piastras a frei Giroflée.

— Respondo-lhe, - disse, - que com isso já os faço felizes.

— Não acredito nem um pouco, - disse Martim. - Talvez os deixe bem mais infelizes ainda com essas piastras.

— Seja o que puder ser, - disse Cândido, mas uma coisa me consola. Vejo que muitas vezes reencontramos as pessoas que pensávamos não reencontrar nunca mais. É bem provável que, tendo reencontrado meu carneiro vermelho e Paquette, também encontre Cunegundes.

— Espero, - disse Martim, - que ela, um dia, faça sua felicidade, mas tenho minhas sérias dúvidas a respeito.

— O senhor é muito duro, - disse Cândido.

— É que eu já vivi muita coisa, - retrucou Martim.

— Mas veja só esses gondoleiros, - disse Cândido. Não estão sempre cantando?

— É que não os vê na casa deles, com mulher e filhos, - disse Martim. - O doge tem suas preocupações, os gondoleiros têm as deles. É verdade que, no fundo, a sorte de um gondoleiro é preferível à de um doge, mas acho a diferença tão medíocre que não vale a pena ser examinada.

– Fala-se, - disse Cândido, - do senador Pococurante que mora naquele lindo palácio sobre a Brenta e que recebe muito bem os estrangeiros. Dizem que é um homem que nunca teve preocupações.

– Gostaria de ver espécime tão raro, - disse Martim.

Imediatamente, Cândido mandou pedir permissão ao senhor Pococurante para visitá-lo no dia seguinte.

Capítulo XXV

Visita ao senhor Pococurante, nobre veneziano

Cândido e Martim foram de gôndola pelo rio Brenta e chegaram ao palácio do nobre Pococurante. Os jardins eram bem traçados e ornamentados com belas estátuas de mármore; o palácio, de bela arquitetura. O dono da casa, homem de sessenta anos, muito rico, recebeu polidamente os dois curiosos, mas com pouca solicitude, o que desconcertou Cândido e não desagradou a Martim.

Logo que entraram, duas moças bonitas e elegantemente vestidas serviram um chocolate bem espumado. Cândido não pôde deixar de elogiá-las por sua beleza, amabilidade e destreza.

– São boas criaturas, - disse o senador Pococurante. - Levo-as, às vezes, para minha cama, pois estou farto das damas da cidade, de seus galanteios, de seus ciúmes, suas briguinhas, seus humores, sua mesquinhez, seu orgulho, suas tolices e dos sonetos que se deve encomendar para elas. Mas, afinal de contas, estas duas moças também estão começando a me aborrecer.

Ao passar por uma galeria comprida depois do almoço, Cândido se surpreendeu com a beleza dos quadros. Perguntou quem era o autor dos dois primeiros.

– São de Rafael, - disse o senador. - Comprei-os muito caro por vaidade, há alguns anos. Dizem que é o que há de mais belo na Itália, mas não gosto nada deles. A cor está sem brilho, as figuras não são bem arredondadas e não têm nenhum realce. As roupagens não se parecem em nada com um tecido. Numa palavra, apesar do que dizem, não vejo neles uma verdadeira imitação da natureza. Só gostarei de um quadro quando tiver a impressão de ver a própria natureza. Quadros desse tipo não existem. Tenho muitos quadros, mas não olho mais para eles.

Enquanto esperavam o jantar, Pococurante pediu um concerto. Cândido achou a música deliciosa.

— Este barulho, - disse Pococurante, - pode divertir durante meia hora. Mas, se durar mais tempo, acaba cansando todo o mundo, embora ninguém ouse confessá-lo. Hoje em dia, a música se resume à arte de interpretar coisas difíceis e o que é apenas difícil acaba cansando. Talvez eu gostasse mais de ópera, se não tivessem achado o segredo de fazer dela um monstro que me revolta. Quem quiser que vá ver tragédias musicadas ruins, onde as cenas só foram feitas para trazer, totalmente fora de propósito, duas ou três canções ridículas que fazem brilhar a goela de uma atriz; quem quiser ou quem puder, que vá derreter-se de prazer ao ver um castrado cantarolar o papel de César ou Catão e passear de maneira desajeitada num palco. Quanto a mim, há muito tempo desisti dessas pobrezas que hoje fazem a glória da Itália e que alguns soberanos pagam tão caro.

Cândido discordou um pouco, mas discretamente. Martim se mostrou inteiramente de acordo com a opinião do senador.

Sentaram-se à mesa e, após um excelente jantar, entraram na biblioteca. Ao ver um Homero magnificamente encadernado, Cândido elogiou o ilustríssimo por seu bom gosto.

— Aí está um livro, - disse, - que deliciava o grande Pangloss, o melhor filósofo da Alemanha.

— Não posso dizer o mesmo, - disse friamente Pococurante. - Fizeram-me acreditar outrora que sentia prazer ao lê-lo, mas aquela repetição contínua de lutas todas parecidas, aqueles deuses que estão sempre agindo sem nunca fazer nada decisivo, aquela Helena que é o motivo da guerra e que não passa de uma atriz da peça, aquela Troia que sitiam e não tomam, tudo aquilo me causava o mais mortal dos tédios. Perguntei algumas vezes a eruditos se sentiam tanto tédio como eu com essa leitura. Todas as pessoas sinceras confessaram-me que o livro lhes caía das mãos, mas que era sempre necessário tê-lo na própria biblioteca, como um monumento da Antiguidade e como aquelas medalhas enferrujadas que não podem ser negociadas.

— Vossa Excelência não tem a mesma opinião de Virgílio? - perguntou Cândido.

— Concordo, - disse Pococurante, - que o segundo, o quarto e o sexto livro de sua Eneida são excelentes, mas quanto a seu piedoso Eneias, ao forte Cloante, ao amigo Acates, ao pequeno Ascânio, ao imbecil rei Latino, à burguesa Amata e à insípida Lavínia, não acredito que haja algo mais frio e desagradável. Prefiro o Tasso e as histórias para dormir em pé de Ariosto.

— Nem sei se deveria ousar perguntar-lhe, senhor, - disse Cândido, - se não sente muito prazer ao ler Horácio?

— Há máximas, - disse Pococurante, - que um homem da sociedade pode aproveitar e que, condensadas em versos enérgicos, são gravadas mais facilmente na memória. Mas pouco me importa sua viagem a Brindisi, sua descrição de um jantar sem graça e a briga de carregadores de porto entre não sei que Pupilo, cujas palavras, disse, estavam cheias de pus e outro, cujas palavras eram puro vinagre. Só li com extremo desgosto seus versos grosseiros contra velhas e bruxas e não vejo que mérito pode ter em dizer a seu amigo Mecenas que, se este o colocar na lista dos poetas líricos, sua fronte sublime há de tocar os astros. Os tolos admiram tudo num autor estimado. Só leio para mim. Só gosto daquilo que me serve.

Cândido, que tinha sido educado para nunca julgar nada por si próprio, estava muito surpreso com o que ouvia. Martim achava o modo de pensar de Pococurante bastante razoável.

— Oh! aí está um Cícero, - disse Cândido. - Quanto a esse grande homem, acredito que não se cansa de o ler.

— Nunca o leio, - respondeu o veneziano. - O que me importa que ele tenha defendido a causa de Rabírio ou a de Cluêncio? Já me bastam os processos que tenho que julgar. Teria preferido as suas obras filosóficas, mas quando vi que duvidava de tudo, concluí que sabia tanto quanto ele e que não precisava de ninguém para ser ignorante.

— Ah! Aqui estão oitenta volumes de compêndios de uma academia de ciências, - exclamou Martim. - Pode ser que haja algo interessante.

— Haveria, - disse Pococurante, - se um único dos autores desses calhamaços tivesse inventado nem que fosse a arte de fazer alfinetes, mas, em todos esses livros, só há sistemas vazios e nem uma só coisa útil.

— Quantas peças de teatro vejo aqui! - disse Cândido. Em italiano, espanhol, francês!

— Sim, disse o senador, há três mil e nem três dúzias prestam. Quanto a estas coletâneas de sermões, que todos juntos não valem uma página de Sêneca, e todos esses grossos volumes de teologia, podem muito bem imaginar que nunca os abro, nem eu, nem ninguém.

Martim viu prateleiras repletas de livros ingleses.

— Acho, - disse, - que um republicano deve gostar da maior parte dessas obras escritas com tanta liberdade.

— Sim, - respondeu Pococurante, - é bonito escrever o que se pensa. É privilégio do homem. Em toda a nossa Itália, só se escreve o que não se pensa. Aqueles que residem na pátria dos Césares e dos Antoninos não ousam ter uma ideia sem a permissão de um dominicano. Ficaria satisfeito com a liberdade que inspira os gênios ingleses, se a paixão e o espírito de partido não corrompessem todo o valor dessa preciosa liberdade.

Percebendo um Milton, Cândido perguntou-lhe se não considerava esse autor como um grande homem.

— Quem? - disse Pococurante, - este bárbaro que tece um longo comentário do primeiro capítulo do Gênesis em dez livros de versos duros? Este grosseiro imitador dos gregos, que desfigura a criação e, enquanto Moisés representa o Ser eterno produzindo o mundo pela palavra, faz o Messias retirar um grande compasso de um armário do céu para traçar sua obra? Como poderia dar valor àquele que estragou o inferno e o diabo do Tasso; que disfarça Lúcifer ora em sapo, ora em pigmeu; que põe cem vezes o mesmo discurso na boca dele; que o faz discutir sobre teologia; aquele que, imitando com seriedade a invenção cômica das armas de fogo de Ariosto, faz os diabos dispararem o canhão no céu? Nem eu, nem ninguém na Itália, conseguiu gostar dessas tristes extravagâncias. O casamento do pecado e da morte e as serpentes que o pecado gera dão vontade de vomitar a todo homem que tenha um gosto um pouco apurado, e sua longa descrição de um hospital só é boa para um coveiro. Este poema obscuro, bizarro e enfadonho foi desprezado desde o início. Hoje o trato como foi tratado em sua pátria pelos contemporâneos. De resto, digo o que penso e pouco me importa que os outros pensem como eu.

Cândido ficou aflito com essas palavras. Respeitava Homero, gostava um pouco de Milton.

— Infelizmente, - disse baixinho para Martim, - receio que este homem possa ter um soberano desprezo por nossos poetas alemães.

— Não haveria grande mal nisso, - disse Martim.

— Oh! que homem superior! - dizia ainda Cândido entre os dentes.

– Que grande gênio este Pococurante! Nada pode agradá-lo.

Após ter passado todos os livros em revista, desceram para o jardim. Cândido elogiou todas as suas belezas.

– Nunca vi nada de tão mau gosto, - disse o dono. - Aqui só temos enfeites sem graça, mas amanhã mesmo vou mandar desenhar outro de gosto mais nobre.

Quando os dois curiosos se despediram de Sua Excelência, Cândido disse a Martim:

– Ora essa, há de convir que esse é o mais feliz dos homens, pois está acima de tudo o que possui.

– Então não vê que está desgostoso com tudo o que possui? Platão já disse, há muito tempo, que os melhores estômagos não são aqueles que rejeitam todos os alimentos.

– Mas, - disse Cândido ,- será que não há prazer em criticar tudo, em sentir defeitos onde os outros homens pensam ver belezas?

– Quer dizer, - respondeu Martim, - que há prazer em não sentir prazer?

– Oh! - disse Cândido, - então serei o único homem feliz, quando encontrar a senhorita Cunegundes.

– Sempre é bom esperar, - disse Martim.

Enquanto isso, os dias, as semanas passavam. Cacambo não voltava, e Cândido estava tão mergulhado em seu sofrimento que nem notou que Paquette e o frei Giroflée sequer tinham vindo para agradecer.

Capítulo XXVI

Do jantar que Cândido e Martim tiveram com seis estrangeiros e quem eram estes

Uma noite em que Cândido, acompanhado de Martim, ia sentar à mesa com os estrangeiros que estavam hospedados na mesma estalagem, um homem com o rosto cor de fuligem abordou-o pelas costas e, segurando-o pelo braço, disse-lhe:

– Apronte-se para ir embora conosco, não falte.

Volta-se e vê Cacambo. Só a visão de Cunegundes poderia ter-lhe causado maior surpresa e agradá-lo mais ainda. Esteve a ponto de ficar louco de alegria. Abraça seu caro amigo.

— Cunegundes, sem dúvida, deve estar aqui, onde está? Leve-me até ela, para morrer de alegria com ela.

— Cunegundes não está aqui, - disse Cacambo, - está em Constantinopla.

— Oh! céus! Em Constantinopla! Mas, mesmo na China, vou voando, vamos partir!

— Iremos depois do jantar, - retrucou Cacambo. - Não posso falar mais, sou escravo, meu amo está me esperando. Tenho de servi-lo à mesa. Não fale comigo. Coma e esteja pronto.

Cândido, dividido entre a alegria e a dor, encantado por ter tornado a ver seu fiel agente, surpreso por vê-lo escravo, cheio de esperança de rever sua amante, o coração agitado, a mente transtornada, sentou-se à mesa com Martim, que via com sangue-frio todas essas aventuras, e com seis estrangeiros que tinham vindo passar o carnaval em Veneza.

Cacambo, que estava servindo bebida a um desses seis estrangeiros, aproximou-se do ouvido de seu amo, já no final da refeição, e lhe disse:

— Vossa Majestade poderá partir quando quiser, o navio está pronto.

Pronunciando essas palavras, saiu. Os comensais, surpresos, olhavam-se sem proferir palavra, quando outro criado, aproximando-se de seu amo, lhe disse:

— Majestade, a liteira de Vossa Majestade está em Pádua, e o barco está pronto.

O amo fez um sinal, e o criado partiu. Todos os comensais voltaram a se olhar e a surpresa comum redobrou. Um terceiro criado, aproximando-se também de um terceiro estrangeiro, lhe disse:

— Majestade, acredite, Vossa Majestade não deve ficar aqui mais tempo, vou preparar tudo.

E desapareceu em seguida.

Cândido e Martim não tiveram dúvida que fosse uma brincadeira de carnaval. Um quarto criado disse ao quarto amo:

— Vossa Majestade poderá partir quando quiser.

E saiu como os outros. O quinto criado disse a mesma coisa para o quinto amo. Mas o sexto criado falou de modo diferente para o sexto estrangeiro que estava perto de Cândido; disse:

— Palavra de honra, Majestade, devo dizer que não estão mais querendo dar crédito a Vossa Majestade, nem a mim. Ambos poderemos ser presos esta noite. Vou tratar do que me compete. Adeus!

Todos os criados tendo desaparecido, os seis estrangeiros, Cândido e Martim ficaram em profundo silêncio. Finalmente, Cândido o rompeu:

– Senhores, que brincadeira singular! Por que todos são reis? Por mim, confesso que nem eu nem Martim somos reis.

O amo de Cacambo tomou então a palavra e disse gravemente em italiano:

– Não estou brincando, chamo-me Achmet III. Fui durante vários anos sultão. Destronei meu irmão, meu sobrinho me destronou, degolaram meus vizires, estou terminando meus dias no velho serralho. Meu sobrinho, o sultão Mahmoud me permite viajar, às vezes, por motivos de saúde e vim passar o carnaval em Veneza.

Um jovem que estava ao lado de Achmet falou depois dele e disse:

– Meu nome é Ivan, fui imperador de todas as Rússias. Fui destronado ainda no berço, meu pai e minha mãe foram encarcerados, fui criado na prisão. Tenho, às vezes, permissão para viajar, acompanhado por aqueles que me vigiam, e vim passar o carnaval em Veneza.

O terceiro disse:

– Sou Carlos Eduardo, rei da Inglaterra. Meu pai cedeu-me seus direitos ao reino, lutei para sustentá-los, oitocentos dos meus partidários tiveram o coração arrancado com o qual bateram-lhes no rosto. Fui jogado na cadeia. Vou a Roma visitar o rei meu pai, destronado como eu e meu avô, e vim passar o carnaval em Veneza.

O quarto tomou então a palavra e disse:

– Sou o rei dos polacos. A sorte da guerra privou-me de meus Estados hereditários, meu pai sofreu os mesmos reveses. Submeto-me à Providência como o sultão Achmet, o imperador Ivan e o rei Carlos Eduardo, a quem Deus dê longa vida, e vim passar o carnaval em Veneza.

O quinto disse:

– Também sou rei dos polacos. Perdi meu reino por duas vezes, mas a Providência deu-me outro Estado, no qual fiz muito mais bem que todos os reis dos sármatas juntos jamais conseguiram fazer nas margens do Vístula. Também resigno-me à Providência e vim passar o carnaval em Veneza.

Faltava falar o sexto monarca:

– Senhores, - disse, - não sou tão grande senhor quanto Vossas

Majestades, mas afinal também fui rei como qualquer outro. Sou Teodoro. Elegeram-me rei na Córsega, chamaram-me de Vossa Majestade e agora mal me chamam de Senhor. Mandei cunhar moeda e não tenho um tostão, tive dois secretários de Estado e só tenho um criado, vi-me sentado num trono e depois fiquei muito tempo em Londres na prisão, dormindo sobre palha. Receio receber aqui o mesmo tratamento, embora tenha vindo como Vossas Majestades passar o carnaval em Veneza.

Os outros cinco reis ouviram essas palavras com nobre compaixão. Cada um deles deu vinte sequins ao rei Teodoro para comprar roupas. Cândido lhe deu de presente um diamante de dois mil sequins.

— Quem será, - diziam os cinco reis, - este simples cidadão que está em condições de dar cem vezes o que cada um de nós deu e que o dá?

No momento em que se levantavam da mesa, chegaram à hospedaria quatro altezas sereníssimas que também haviam perdido seus Estados pela sorte da guerra e que vinham passar o resto do carnaval em Veneza. Mas Cândido nem reparou nos recém-chegados. Só se preocupava em partir para reencontrar sua querida Cunegundes em Constantinopla.

Capítulo XXVII

Viagem de Cândido a Constantinopla

O fiel Cacambo já obtivera do capitão turco que ia reconduzir o sultão Achmet a Constantinopla a promessa que acolheria Cândido e Martim a bordo. Ambos foram para lá após terem se prosternado diante de Sua Miserável Alteza. No caminho, Cândido dizia a Martim:

— Então encontramos seis reis destronados com quem jantamos e, entre esses seis reis, ainda houve um a quem dei esmola. Talvez haja muitos outros príncipes mais infelizes. Quanto a mim, só perdi cem carneiros e estou voando para os braços de Cunegundes. Meu caro Martim, mais uma vez, Pangloss estava certo: tudo está bem.

— Assim espero, - disse Martim.

— Mas, - disse Cândido, - esta aventura que tivemos em Veneza é muito pouco verossímil. Nunca tinha visto nem ouvido contar que seis reis destronados tivessem jantado juntos numa estalagem.

— Isso não é mais extraordinário, - disse Martim, - que a maioria das coisas que nos aconteceu. É muito comum que reis sejam destronados; quanto à honra que tivemos de jantar com eles, é uma bagatela que não merece nossa atenção.

Apenas Cândido subiu no navio, lançou-se ao pescoço de seu antigo criado, seu amigo Cacambo.

— E então, - disse-lhe. - O que Cunegundes está fazendo? Continua sendo um prodígio de beleza? Ainda me ama? Como está? Você deve ter lhe comprado um palácio em Constantinopla!

— Meu querido amo, - respondeu Cacambo, - Cunegundes está lavando tigelas na beira da Propôntida, no palácio de um príncipe que tem muito poucas tigelas. É escrava na casa de um antigo soberano chamado Ragotski, a quem o Grão-Turco dá três escudos por dia no seu asilo, mas o mais triste é que perdeu a beleza e tornou-se horrivelmente feia.

— Ah! bonita ou feia, - disse Cândido, - sou homem honrado e meu dever é amá-la sempre. Mas como pôde ter sido reduzida a um estado tão miserável com os cinco ou seis milhões que você tinha levado?

— Bem, - disse Cacambo, - então não tive que dar dois milhões para o senhor Dom Fernando de Ibaraa y Figueroa y Mascarenes y Lampourdos y Souza, governador de Buenos Aires, para ter a permissão de reaver a senhorita Cunegundes? E não houve um pirata que nos despojou de todo o resto? Esse pirata não nos levou para o cabo de Matapan, a Milo, a Nicária, a Samos, a Petra, a Dardanelos, a Mármora, a Scutari? Cunegundes e a velha estão servindo na casa desse príncipe de quem falei, e eu sou escravo do sultão destronado.

— Quantas espantosas calamidades encadeadas umas às outras! - disse Cândido. - Mas, afinal de contas, ainda tenho alguns diamantes. Libertarei Cunegundes facilmente. É uma pena que tenha ficado tão feia.

A seguir, voltando-se para Martim:

— Quem acha, - disse, - que seja mais digno de compaixão, o imperador Achmet, o imperador Ivan, o rei Carlos Eduardo ou eu?

— Não sei, - disse Martim. - Teria que penetrar no íntimo de cada um para sabê-lo.

— Ah! - disse Cândido, - se Pangloss estivesse aqui, ele saberia dizer.

— Não sei, - disse Martim, - com que balanças seu Pangloss poderia ter pesado os infortúnios dos homens e apreciado seus sofrimentos. Tudo o que posso presumir é que existem milhões de homens na terra cem vezes mais infelizes que o rei Carlos Eduardo, que o imperador Ivan e o sultão Achmet.

— Pode ser, - disse Cândido.

Em poucos dias, chegaram ao canal do mar Negro. Cândido começou por resgatar Cacambo por uma boa soma e, sem perder tempo, meteu-se numa galera com seus companheiros para ir à costa da Propôntida procurar Cunegundes, por mais feia que fosse.

Havia nas galés dois condenados que remavam muito mal e a quem o capitão levantino aplicava de vez em quando umas chicotadas de nervo de boi nos ombros nus. Por um movimento natural, Cândido olhou-os mais atentamente que os outros e aproximou-se deles compadecido. Alguns traços de seus semblantes desfigurados pareceram-lhe ter alguma semelhança com Pangloss e com aquele jesuíta infeliz, aquele barão, irmão da senhorita Cunegundes. Essa ideia deixou-o comovido e triste. Fitou-os mais atentamente ainda.

— Na verdade, - disse para Cacambo, - se não tivesse visto mestre Pangloss sendo enforcado, e se não tivesse tido a infelicidade de matar o barão, acreditaria que são eles que estão remando nesta galera.

Ao nome do barão e de Pangloss, os dois condenados soltaram um grande grito, ficaram parados no banco e deixaram cair seus remos. O capitão levantino correu até eles, e as chicotadas de nervo de boi redobraram.

— Pare, pare, meu senhor, - exclamou Cândido. - Eu lhe darei todo o dinheiro que quiser.

— Como? É Cândido! - dizia um dos condenados.

— Como? É Cândido! - dizia o outro.

— Será um sonho? - disse Cândido. Será que estou acordado? Será que estou nesta galera? Será que aquele é o barão que matei? Será que aquele é mestre Pangloss que vi sendo enforcado?

— Somos nós mesmos, somos nós, - respondiam.

— Como? É este o grande filósofo? - dizia Martim.

— Então, senhor capitão levantino, - dizia Cândido, - quanto quer para o resgate do senhor Thunder-ten-tronckh, um dos primeiros barões do Império, e do senhor Pangloss, o mais profundo metafísico da Alemanha?

— Cachorro de cristão, - respondeu o capitão levantino, - já que esses dois cachorros de condenados cristãos são barões e metafísicos, o que deve ser uma grande dignidade no país deles, me pagarás por eles cinquenta mil cequins.

– Vai recebê-los, senhor. Leve-me como um relâmpago para Constantinopla e será pago na mesma hora. Melhor não, leve-me para junto da senhorita Cunegundes.

O capitão levantino, à primeira oferta de Cândido, já tinha voltado a proa para a cidade, e mandava remar mais rápido que um pássaro fendendo os ares.

Cândido abraçou cem vezes o barão e Pangloss.

– Mas como foi que não o matei, meu caro barão? E meu caro Pangloss, como pode estar em vida após ter sido enforcado? E por que estão ambos nas galés da Turquia?

– É verdade mesmo que minha querida irmã está neste país? - dizia o barão.

– Sim, - respondia Cacambo.

– Então estou revendo meu caro Cândido! - exclamava Pangloss.

Cândido apresentava-lhes Martim e Cacambo. Todos se abraçavam, todos falavam ao mesmo tempo. A galera voava, já estavam no porto. Mandaram chamar um judeu, a quem Cândido vendeu por cinquenta mil cequins um diamante valendo cem mil, e que jurou por Abraão que não podia lhe dar mais. Pagou no ato o resgate do barão e de Pangloss. Este jogou-se aos pés de seu libertador e banhou-os de lágrimas. O outro agradeceu com um movimento de cabeça e prometeu-lhe devolver o dinheiro na primeira oportunidade.

– Mas será possível que minha irmã esteja mesmo na Turquia? - dizia.

– Nada mais possível, - respondeu Cacambo, - uma vez que está lavando a louça de um príncipe da Transilvânia.

Imediatamente mandaram chamar dois judeus. Cândido vendeu mais diamantes e todos partiram em outra galera para ir libertar Cunegundes.

Capítulo XXVIII

O que aconteceu a Cândido, Cunegundes, Pangloss, Martim, etc.

— Perdão, mais uma vez, - disse Cândido ao barão; - perdão, meu reverendo padre, por aquela estocada que lhe atravessou o corpo.
— Não falemos mais nisso, - disse o barão. - Fui um pouco ríspido demais, confesso, mas já que quer saber qual foi o acaso que me trouxe às galeras, lhe direi que, depois de minha ferida ter sido curada pelo irmão boticário do colégio, fui atacado e raptado por uma facção espanhola. Fiquei preso em Buenos Aires na época que minha irmã acabava de partir. Pedi para voltar a Roma para junto do padre geral. Fui nomeado para ir servir de capelão em Constantinopla, junto do senhor embaixador da França. Nem oito dias depois de ter assumido o cargo, encontrei à noite um jovem pajem muito bem feito. Fazia muito calor. O jovem quis tomar banho. Aproveitei a oportunidade para tomar banho também. Não sabia que fosse um crime capital para um cristão ser apanhado nu com um jovem muçulmano. Um cádi mandou que me castigassem com cem chibatadas na planta dos pés e condenou-me às galeras. Acho que nunca se cometeu mais horrenda injustiça. Mas gostaria muito de saber por que minha irmã está na cozinha de um soberano da Transilvânia refugiado na Turquia.
— Mas e o senhor, meu caro Pangloss, - perguntou Cândido, - como é possível que eu o esteja vendo outra vez?
— É verdade, - disse Pangloss, - que me viu sendo enforcado. Deveria naturalmente ter sido queimado, mas lembra que estava chovendo a cântaros quando iam me pôr para assar. A tempestade foi tão violenta que desistiram de acender o fogo. Fui enforcado porque não puderam fazer nada melhor. Um cirurgião comprou meu corpo, levou-me para sua casa e dissecou-me. Primeiro, praticou em mim uma incisão em forma de cruz desde o umbigo até a clavícula. Não era possível ter sido tão mal enforcado como eu o fora. O executor das grandes obras da santa Inquisição, que era subdiácono, na verdade queimava as pessoas maravilhosamente bem, mas não estava acostumado a enforcar. A corda estava molhada e não deslizou e se enroscou; enfim, ainda estava respirando. A incisão em cruz me fez soltar tamanho grito, que o cirurgião caiu para trás e, pensando que

estava dissecando o diabo, fugiu morrendo de medo e caiu mais uma vez na fuga pela escada abaixo. Com o barulho, sua mulher acorreu de um aposento vizinho. Viu-me estirado em cima da mesa com minha incisão em cruz. Ficou com mais medo ainda que seu marido, fugiu e caiu por cima dele. Quando conseguiram se refazer um pouco, ouvi a cirurgiã dizer ao cirurgião: "Meu bem, o que deu em você de querer dissecar um herege? Não sabe que o diabo sempre está no corpo dessa gente? Vou correndo procurar um padre para exorcizá-lo." Ao ouvir essas palavras, tremi e juntei as poucas forças que me sobravam para gritar: "Tenham piedade de mim!" Por fim, o barbeiro português tomou coragem. Costurou minha pele. Até sua mulher cuidou de mim e fiquei bom em quinze dias. O barbeiro arranjou-me uma função e me fez lacaio de um cavaleiro de Malta que estava indo para Veneza, mas meu amo, não tendo com que me pagar, coloquei-me ao serviço de um mercador veneziano e acompanhei-o até Constantinopla. Um dia, deu-me na veneta de entrar numa mesquita. Só se encontrava ali um velho imame e uma jovem devota muito bonita que recitava seus padre-nossos e estava com seu peito inteiramente descoberto. Trazia entre seus grandes seios um ramalhete de tulipas, de rosas, anêmonas, ranúnculos, jacintos e orelhas de urso. Deixou cair o ramalhete, recolhi-o e o recoloquei com uma solicitude muito respeitosa. Demorei tanto para ajeitá-lo que o imame ficou furioso e, vendo que eu era cristão, gritou por socorro. Levaram-me para o cádi que mandou castigar-me com cem chibatadas na planta dos pés e mandou-me para as galeras. Fui acorrentado precisamente na mesma galera e no mesmo banco que o senhor barão. Nessa galera havia quatro jovens de Marselha, cinco padres napolitanos e dois monges de Corfu que nos contaram que semelhantes aventuras aconteciam todos os dias. O barão afirmava ter sido vítima de uma injustiça maior que a minha e eu afirmava que era muito mais lícito colocar um ramalhete de flores no peito de uma mulher que ficar nu com um pajem. Vivíamos discutindo e levávamos vinte chicotadas com nervo de boi por dia, quando o desenrolar dos acontecimentos deste universo trouxe você para nossa galera e nos resgatou.

— Então, meu caro Pangloss, - disse Cândido, - quando foi enforcado, dissecado, espancado, e obrigado a remar nas galeras, continuou pensando que tudo neste mundo ia o melhor possível?

— Mantenho minha opinião de sempre, - respondeu Pangloss, -

pois afinal sou filósofo. Não convém desdizer-me, uma vez que Leibniz não pode estar errado e uma vez que a harmonia preestabelecida é, por outro lado, a coisa mais bela do mundo, assim como o são a totalidade e a matéria sutil.

Capítulo XXIX
De que maneira Cândido reencontrou Cunegundes e a velha

Enquanto Cândido, o barão, Pangloss, Martim e Cacambo contavam suas aventuras, enquanto discorriam sobre os acontecimentos contingentes ou não contingentes deste universo e discutiam sobre os efeitos e as causas, sobre o mal moral e o mal físico, a liberdade e a necessidade, o consolo que se pode provar nas galeras da Turquia, chegaram à costa da Propôntida, à casa do príncipe da Transilvânia. As primeiras imagens que se apresentaram foram Cunegundes e a velha, ocupadas em estender toalhas no varal.

O barão empalideceu com o espetáculo. O apaixonado Cândido, ao ver sua linda Cunegundes sem viço, olhos congestionados, peito seco, bochechas enrugadas, braços vermelhos e arranhados, recuou três passos, horrorizado, e voltou logo a adiantar-se por educação. Ela abraçou Cândido e seu irmão. Abraçaram a velha. Cândido resgatou as duas.

Havia na vizinhança uma pequena granja. A velha propôs a Cândido que se acomodassem nela, até que todos encontrassem um destino melhor. Cunegundes não sabia que tinha ficado feia, pois ninguém lhe havia dito nada. Relembrou a Cândido suas promessas num tom tão absoluto que o bom Cândido não ousou esboçar a mínima recusa. Informou, portanto, ao barão que ia casar com sua irmã.

– Jamais admitirei, - disse o barão, - tamanha baixeza da parte dela nem tamanha insolência da sua. Nunca poderão recriminar-me por essa infâmia. Os filhos de minha irmã não poderiam entrar nos capítulos da Alemanha. Não, minha irmã nunca se casará, a não ser com um barão do Império.

Cunegundes atirou-se a seus pés e os regou de lágrimas. Ele permaneceu inflexível.

— Doido varrido, - disse-lhe Cândido, - eu te salvei das galeras, paguei teu resgate, paguei o de tua irmã. Estava aqui lavando louça, está feia, tenho a bondade de fazer dela minha mulher, e tu ainda pretendes te opor! Se obedecesse à minha raiva, te mataria de novo.

— Podes matar-me uma vez mais, disse o barão, mas não te casarás com minha irmã enquanto eu viver.

Capítulo XXX

Conclusão

Cândido, no fundo do coração, não tinha a menor vontade de casar com Cunegundes. Mas a extrema impertinência do barão determinava-o a concluir o casamento, e Cunegundes instava tão vivamente que não podia voltar atrás. Consultou Pangloss, Martim e o fiel Cacambo. Pangloss desenvolveu um belo memorando, pelo qual provava que o barão não tinha nenhum direito sobre a irmã e que ela podia, segundo todas as leis do Império, desposar Cândido com a mão esquerda. Martim concluiu que se devia jogar o barão ao mar. Cacambo decidiu que era preciso devolvê-lo ao capitão levantino e reenviá-lo às galeras; depois disso, seria mandado para Roma, ao padre geral, pelo primeiro navio. A proposta pareceu muito boa. A velha a aprovou. Nada foi dito à irmã, a coisa foi executada por meio de algum dinheiro e tiveram o prazer de enganar um jesuíta e punir o orgulho de um barão alemão.

Era muito natural imaginar que, depois de tantos desastres, casado com sua amada e vivendo com o filósofo Pangloss, o filósofo Martim, o prudente Cacambo e a velha, tendo por outro lado trazido tantos diamantes da pátria dos antigos incas, Cândido levaria a vida mais agradável deste mundo. Mas foi tão explorado pelos judeus, que só lhe restou sua granja. Sua mulher, a cada dia mais feia, tornou-se rabugenta e insuportável. A velha estava enferma e ficou ainda mais mal-humorada que Cunegundes. Cacambo, que trabalhava na horta e que ia vender legumes em Constantinopla, estava sobrecarregado de trabalho e amaldiçoava seu destino. Pangloss estava desesperado por não poder brilhar em alguma universidade da Alemanha. Quanto a Martim, tinha a firme convicção que se estava igualmente mal em toda parte. Encarava tudo com paciência.

Cândido, Martim e Pangloss discutiam, às vezes, metafísica e moral. Seguidamente viam passar debaixo das janelas da casa da granja navios carregados de efêndis, de paxás, de cádis que estavam sendo mandados para o exílio em Lemnos, Mitilene, Erzerum. Viam chegar outros cádis, outros paxás, outros efêndis que tomavam o lugar dos expulsos e eram expulsos por sua vez. Viam cabeças devidamente empalhadas que iam ser apresentadas diante da Sublime Porta. Esses espetáculos faziam redobrar as dissertações e, quando não estavam discutindo, o tédio era tamanho que um dia a velha atreveu-se a dizer:

– Gostaria de saber o que é pior, se é ser violentada cem vezes por piratas negros, ter uma nádega extirpada, ter sido açoitado pelos búlgaros, ter sido chicoteado e enforcado num auto de fé, ter sido dissecado, remar nas galeras, provar enfim todas as misérias pelas quais passamos, ou então ficar aqui sem fazer nada?

– É uma grande questão, - disse Cândido.

Essas palavras inspiraram novas reflexões e, sobretudo, Martim concluiu que o homem nasceu para viver nas convulsões da inquietude ou na letargia do tédio. Cândido não concordava, mas tampouco nada afirmava. Pangloss confessava que sempre sofrera horrivelmente, mas tendo sustentado uma vez que tudo estava da melhor maneira possível, sustentaria sempre o mesmo, embora não acreditasse nem um pouco.

Uma coisa acabou confirmando Martim em seus detestáveis princípios, levando Cândido a hesitar mais do que nunca e incomodando Pangloss. É que viram chegar um dia à granja Paquette e frei Giroflée, que estavam na mais extrema miséria. Tinham devorado muito rápido suas três mil piastras, tinham se separado, reconciliado, tinham brigado, tinham ido parar na cadeia, tinham fugido e, finalmente, frei Giroflée se fizera turco. Paquette continuava com sua profissão por toda a parte e não ganhava mais nada.

– Bem que eu previ, - disse Martim a Cândido ,- que seus presentes seriam prontamente dissipados e só os deixariam mais miseráveis. Você e Cacambo já ficaram abarrotados de milhões de piastras e hoje não são mais felizes que frei Giroflée e Paquette.

– Ah, ah! - disse Pangloss a Paquette, - então os céus então te trazem de volta aqui entre nós, minha pobre menina! Sabes muito bem que me custaste a ponta do nariz, um olho e uma orelha? E agora em que estado te encontras! Vê como é este mundo!

Essa nova aventura levou-os a filosofar mais do que nunca.

Havia na redondeza um dervixe muito famoso que passava por ser o melhor filósofo da Turquia. Foram consultá-lo. Pangloss tomou a palavra e disse:

— Mestre, vimos implorar que nos diga por que foi formado um animal tão estranho como o homem.

— Com que estás te metendo? - disse o dervixe. Será que é de tua conta?

— Mas, meu reverendo pai, - disse Cândido, - há tanto mal na terra.

— O que importa, - disse o dervixe, - se há mal ou bem? Quando Sua Alteza manda um navio ao Egito, será que importa se os ratos a bordo estão à vontade ou não?

— O que se deve fazer então? - perguntou Pangloss.

— Ficar calado, - respondeu o dervixe.

— Desejava realmente, - disse Pangloss, - vir aqui discorrer um pouco com o senhor sobre os efeitos e as causas, o melhor dos mundos possíveis, a origem do mal, a natureza da alma e a harmonia preestabelecida.

Ao ouvir essas palavras, o dervixe bateu-lhes a porta na cara.

Durante essa conversa, espalhara-se a notícia de que acabavam de ser estrangulados em Constantinopla dois vizires e o mufti e que vários amigos deles haviam sido empalados. Essa catástrofe causou grande sensação em toda parte durante algumas horas.

Na volta para a pequena granja, Pangloss, Cândido e Martim encontraram um bom velho que se refrescava com a brisa na porta de casa, à sombra de um laranjal. Pangloss, que era tão curioso quanto discursador, perguntou-lhe como se chamava o mufti que acabavam de estrangular.

— Não faço ideia, - respondeu o bom velho. Nunca soube o nome de nenhum mufti nem de nenhum vizir. Ignoro totalmente o caso de que estão falando. Presumo que, de modo geral, aqueles que se metem nos negócios públicos perecem, às vezes, miseravelmente e é o que merecem. Mas nunca me informo do que está acontecendo em Constantinopla. Contento-me em mandar vender por lá os frutos do pomar que cultivo.

Depois dessas palavras, convidou os estrangeiros para entrar em sua casa. Suas duas filhas e seus dois filhos apresentaram-lhes vários tipos de sorvetes feitos por eles mesmos, *kaimak* coberto de casca de cidra cristalizada, laranjas, limões, limas, abacaxis, pistaches, café de Moca que não estava misturado com o café ruim da Batávia e das ilhas. Depois disso, as duas filhas desse bom muçulmano perfumaram as barbas de Cândido, de Pangloss e de Martim.

— O senhor deve ter, - disse Cândido ao turco, - uma vasta e magnífica propriedade.

— Só tenho uns três alqueires, - respondeu o turco. - Cultivo-os com meus filhos. O trabalho afasta de nós três grandes males: o tédio, o vício e a necessidade.

Na volta para sua granja, Cândido refletiu profundamente sobre as palavras do turco. Disse a Pangloss e a Martim:

— Esse bom velho parece-me ter conseguido para ele um destino em muito preferível ao daqueles seis reis com quem tivemos a honra de jantar.

— As grandezas, - disse Pangloss, - são muito perigosas, segundo o que dizem todos os filósofos, pois, afinal, Eglon, rei dos Moabitas, foi assassinado por Aod; Absalão foi suspenso pelos cabelos e perfurado por três dardos; o rei Nadab, filho de Jeroboão, foi morto por Baza; o rei Ela, por Zambri; Ocosias, por Jeú; Atalia, por Joiada; os reis Joaquim, Jeconias, Sedecias foram escravos. Sabem como morreram Creso, Astíages, Dario, Dionísio de Siracusa, Pirro, Perseu, Aníbal, Jugurta, Ariovisto, César, Pompeu, Nero, Otão, Vitélio, Domiciano, Ricardo II da Inglaterra, Eduardo II, Henrique VI, Ricardo III, Maria Stuart, Carlos I, os três Henriques da França, o imperador Henrique IV. Sabem...

— Também sei, - disse Cândido, - que temos que cultivar nossa terra.

— Tem razão, - disse Pangloss, - pois, quando o homem foi colocado no jardim do Éden, foi colocado *ut operaretur eum*, para que o trabalhasse, o que prova que o homem não nasceu para o descanso.

— Trabalharemos sem filosofar, - disse Martim. - É o único meio de tornar a vida suportável.

Toda a pequena sociedade se empenhou nesse louvável desígnio. Cada um se pôs a exercitar seus talentos. A pequena propriedade rendeu muito. Cunegundes era na verdade bem feia, mas se tornou excelente doceira. Paquette bordava. A velha passou a cuidar da roupa. Até frei Giroflée não se furtou ao serviço e se revelou um ótimo marceneiro e virou até mesmo um homem honesto. Pangloss dizia vez por outra a Cândido:

– Todos os acontecimentos estão encadeados no melhor dos mundos possíveis, pois, afinal, se não tivesse sido expulso de um lindo castelo com uma saraivada de pontapés no traseiro por amor da senhorita Cunegundes, se não tivesse sido perseguido pela Inquisição, se não tivesse percorrido a América a pé, se não tivesse aplicado um belo golpe de espada no barão, se não tivesse perdido todos os carneiros do bom país de Eldorado, não estaria aqui comendo doces de cidra cristalizada e pistaches.

– Concordo plenamente, - disse Cândido, - mas devemos cultivar nosso terreno.

O INGÊNUO

*(História verdadeira, extraída dos
manuscritos do padre Quesnel)*

Capítulo I

Como o prior de N. S.ª da Montanha e a senhorita sua irmã encontraram um Huron

Um dia São Dunstan, irlandês de nacionalidade e santo de profissão, partiu da Irlanda a bordo de uma pequena montanha que navegou para a costa da França, indo aportar na baía de Saint-Malo. Depois disso, deu a bênção à sua montanha que lhe fez profundas reverências e retornou para a Irlanda pelo mesmo caminho por onde tinha vindo.

Dunstan fundou nessa área um pequeno priorado, dando-lhe o nome de priorado da Montanha, denominação que ainda hoje conserva, como todos sabem.

Na tarde de 15 de julho do ano de 1689, o padre de Kerkabon, prior de Nossa Senhora da Montanha, passeava pela praia do mar com a senhorita de Kerkabon, sua irmã, para refrescar-se com a brisa. O prior, já um tanto avançado em idade, era um ótimo eclesiástico, muito amado por seus vizinhos, depois de o ter sido outrora por suas vizinhas. O que lhe valera, sobretudo, grande consideração é que era o único benfeitor da região que não precisava ser carregado para a cama depois de jantar com seus confrades. Sabia com muita correção sua teologia e, quando estava cansado de ler Santo Agostinho, divertia-se com Rabelais. Por isso, todos falavam bem dele.

A senhorita de Kerkabon que jamais se havia casado, embora vontade não lhe faltasse, conservava ainda o frescor aos quarenta e cinco anos de idade. De caráter bom e sensível, amava o prazer e era devota.

O prior dizia à irmã, olhando o mar:

– Ah! foi aqui que embarcou nosso pobre irmão, com nossa querida cunhada, a senhora de Kerkabon, sua esposa, na fragata Hirondelle, em 1669, para ir prestar serviço no Canadá. Se não tivesse sido morto, poderíamos ter a esperança de tornar a vê-lo.

– Acredita, - dizia a senhorita de Kerkabon, - que nossa cunhada tenha sido devorada pelos iroqueses, como nos disseram? É certo que, se não a tivessem comido, teria voltado à sua terra. Vou chorá-la toda a vida. Era uma mulher encantadora e nosso irmão, que era bastante inteligente, teria feito certamente uma bela fortuna.

Enquanto assim se consolavam mutuamente com essas lembranças, viram entrar na baía de Rance uma pequena embarcação que chegava com a maré. Eram ingleses que vinham vender algumas mercadorias de seu país. Saltaram em terra, sem olhar para o prior e para a senhorita sua irmã que ficou muito chocada com a pouca atenção que tinham por ela.

Não ocorreu o mesmo com um jovem de excelente compleição que, saltando por cima da cabeça de seus companheiros, acabou ficando frente a frente com a senhorita. Cumprimentou-a com a cabeça, uma vez que não tinha o costume de fazer reverência. Seu aspecto e sua indumentária atraíram os olhares do irmão e da irmã. Tinha a cabeça descoberta, as pernas nuas, os pés calçados com pequenas sandálias, a cabeça ornada de longos cabelos em tranças e uma pequena capa que lhe modelava um talhe delicado e esbelto, além de um ar marcial mas também ameno. Trazia numa das mãos uma pequena garrafa de água de Barbados e, na outra, uma espécie de bolsa na qual havia uma caneca e apetitosos biscoitos. Falava francês de maneira bastante inteligível. Ofereceu água de Barbados à senhorita de Kerkabon e a seu irmão. Bebeu com eles. Levou-os a beber novamente e tudo isso com um ar tão simples e natural que o irmão e a irmã ficaram encantados. Eles lhe ofereceram seus préstimos, perguntando-lhe quem era e para onde ia. O jovem respondeu que não sabia ao certo, que era um curioso, que quisera ver como era a costa da França e que, assim como chegara, logo voltaria.

Julgando por seu sotaque que não era inglês, o prior tomou a liberdade de lhe perguntar qual era seu país de origem.

– Eu sou huron – respondeu o jovem.

A senhorita de Kerkabon, espantada e encantada por ver um huron que a cumulara de atenções, convidou o jovem para jantar. Ele não se fez de rogado, e os três se dirigiram juntos para o priorado de Nossa Senhora da Montanha.

A baixinha e rechonchuda senhorita fitava-o com seus pequenos olhos e, de vez em quando, dizia ao prior:

— Este belo jovem tem uma pele de lírio e rosas! Que pele linda para um huron!

— Tem razão, minha irmã – dizia o prior.

Ela fazia cem perguntas uma após a outra, e o viajante respondia sempre com toda a correção.

Logo se espalhou a notícia de que havia um huron no priorado. A alta sociedade do cantão apressou-se em comparecer ao jantar. O padre de Saint-Yves veio acompanhado da senhorita sua irmã, jovem baixa bretã, muito bonita e muito bem educada. O magistrado, o coletor de impostos e suas respectivas mulheres não faltaram ao jantar. O estrangeiro foi colocado entre a senhorita de Kerkabon e a senhorita de Saint-Yves. Todos o olhavam com admiração, todos falavam e o interrogavam ao mesmo tempo. O huron não se alterava. Parecia ter tomado por divisa a de milorde Bolingbroke: nihil admirari. Mas por fim, cansado de tanto barulho, disse-lhes com brandura mas também com firmeza:

— Senhores, em minha terra costuma-se falar um depois do outro. Como querem que lhes responda, se me impedem de ouvi-los?

A razão sempre faz com que os homens se compenetrem por alguns momentos. Estabeleceu-se um grande silêncio. O magistrado, que sempre se apoderava dos estranhos em qualquer casa que estivesse e que era o maior questionador da província, perguntou, abrindo uma boca de palmo e meio:

— Como se chama o senhor?

— Sempre me chamaram o *Ingênuo*, - respondeu o huron, - nome que me foi confirmado na Inglaterra, porque sempre digo singelamente o que penso e faço tudo o que quero.

— Mas como, tendo nascido huron, foi parar na Inglaterra?

— É que me levaram para lá. Num combate fui feito prisioneiro pelos ingleses, depois de me ter defendido bastante bem. E os ingleses, que apreciam a bravura, porque são bravos e tão honestos quanto nós, propuseram-me devolver-me a meus pais ou levar-me para a Inglaterra. Aceitei a última oferta, porque, por natureza, gosto imensamente de ver terras novas.

— Mas, - disse o magistrado com seu tom imponente, - como pôde abandonar desse modo seu pai e sua mãe?

— É que nunca conheci nem pai nem mãe, - respondeu o estrangeiro. Todos se comoveram e todos repetiam: "Nem pai nem mãe!"

— Nós lhe serviremos de pai e mãe, - disse a dona da casa a seu irmão o prior. - Como é interessante esse huron!

O Ingênuo agradeceu-lhe com uma nobre e altiva cordialidade e deu-lhe a entender que não tinha necessidade de nada.

— Vejo, senhor Ingênuo, - disse o grave magistrado, - que seu francês é excelente para um huron.

— Um francês, - disse ele, - que havíamos feito prisioneiro na terra dos hurões, na época de minha infância, e a quem dediquei grande amizade, ensinou-me sua língua. Aprendo muito depressa o que quero aprender. Ao chegar a Plymouth, encontrei um desses refugiados franceses a quem chamam huguenotes, não sei por quê. Com ele fiz alguns progressos no conhecimento de sua língua e, logo que pude expressar-me de modo inteligível, vim visitar este país, porque gosto muito dos franceses quando não fazem perguntas em demasia.

O padre de Saint-Yves, apesar dessa pequena advertência, perguntou-lhe qual das três línguas preferia: o huron, o inglês ou o francês.

— O huron, sem dúvida alguma, - respondeu o Ingênuo.

— Será possível? - exclamou a senhorita de Kerkabon. - Sempre julguei que o francês fosse a mais bela de todas as línguas, depois do baixo-bretão.

Houve então quem lhe perguntasse como se dizia fumo em huron, e ele respondia *taya*; como se dizia comer, e ele respondia *essenten*. A senhorita de Kerkabon fez absoluta questão de saber como se dizia fazer amor, e ele respondeu *trovander*, e sustentou, não sem razão, que essas palavras nada ficavam devendo às correspondentes em francês e inglês. *Trovander* pareceu uma palavra muito bonita a todos os convivas.

O prior, que tinha na biblioteca uma gramática de huron, que lhe dera de presente o reverendo padre Sagard-Théodat, recoleto e famoso missionário, retirou-se da mesa um instante, para ir consultá-la. Voltou arfando de enternecimento e alegria. Reconheceu o Ingênuo como um verdadeiro huron. Discutiram um pouco sobre a multiplicidade das línguas e chegaram à conclusão que, se não fora a aventura da torre de Babel, a terra inteira estaria falando francês.

O magistrado interrogador, que até então desconfiara um pouco do personagem, começou a tratá-lo com profundo respeito. Falou-lhe com mais civilidade que antes, coisa que o Ingênuo não percebeu.

A senhorita de Saint-Yves estava muito curiosa em saber como se amava na terra dos hurões.

— Praticando belas ações, - respondeu ele, - para agradar às pessoas que se parecem com a senhorita.

Todos os convivas aplaudiram com surpresa. A senhorita de Saint-Yves enrubesceu e se sentiu muito bem. A senhorita de Kerkabon corou igualmente, mas não se sentiu tão bem, um pouco melindrada porque o galanteio não fora dirigido a ela, mas tinha tão bom coração que isso em nada diminuiu seu afeto pelo huron. Perguntou-lhe amavelmente quantas namoradas tivera em sua terra.

— Só tive uma, - respondeu o Ingênuo. - Era Abacaba, a boa amiga de minha querida ama. Os juncos não são mais retos, o arminho mais branco, as ovelhas menos mansas, as águias menos altivas, nem os cervos mais rápidos do que Abacaba. Ela perseguia um dia uma lebre pelas redondezas, a cerca de cinquenta léguas de nossa casa. Um algonquino mal educado, que habitava cem léguas além, veio tomar-lhe sua lebre. Mal soube disso, acorri, derrubei o algonquino com um golpe de maçã, amarrei-o e fui colocá-lo aos pés de Abacaba. Os pais de Abacaba queriam comê-lo, mas jamais gostei dessa espécie de festins. Restituí-lhe a liberdade e fiz dele um amigo. Abacaba ficou tão impressionada com minha ação, que me preferiu a todos os seus pretendentes. E ainda me amaria, se não tivesse sido devorada por um urso. Castiguei o urso, usei durante muito tempo sua pele, mas isso não me consolou.

A senhorita de Saint-Yves sentia um secreto prazer ao ouvir que o Ingênuo só tivera uma namorada e que Abacaba não existia mais, mas não discernia a causa de seu prazer. Todos fixavam os olhos em Ingênuo. Elogiavam-no muito por não ter permitido que seus camaradas comessem um algonquino.

O implacável magistrado, incapaz de reprimir seu furor inquisitivo, levou a curiosidade ao ponto de perguntar qual era a religião do huron; se havia escolhido a religião anglicana ou a galicana ou a huguenote.

— Eu sou de minha religião, - disse, - como o senhor é da sua.

— Ah! - exclamou a Kerkabon. Bem se vê que esses miseráveis ingleses sequer pensaram em batizá-lo.

— Meu Deus! - dizia a senhorita de Saint-Yves. Como é possível que os hurões não sejam católicos? Será que os reverendos padres jesuítas não os converteram a todos?

O Ingênuo a certificou de que na sua terra não se convertia ninguém, que jamais um verdadeiro huron mudara de opinião e que em sua língua nem sequer havia um termo que significasse inconstância. Essas últimas palavras agradaram em muito à senhorita de Saint-Yves.

— Nós o batizaremos, nós o batizaremos, - dizia a Kerkabon ao prior. - Você terá essa honra, meu caro irmão. Faço questão de ser sua madrinha, e o senhor de Saint-Yves o levará à pia batismal. Será uma cerimônia brilhante, da qual se falará em toda a Baixa Bretanha e isso nos deixará sumamente honrados.

Todos os presentes concordaram com a dona da casa e todos eles gritavam: "Nós o batizaremos!"

O Ingênuo respondeu que na Inglaterra deixavam a gente viver como bem quisesse. Deu a entender que a proposta não lhe agradava de forma alguma e que a lei dos hurões valia pelo menos tanto quanto a lei dos baixo-bretões. Finalmente, disse que iria embora no dia seguinte. Acabaram de esvaziar a sua garrafa de água de Barbados e todos foram deitar-se.

Depois que o Ingênuo se recolheu ao quarto, a senhorita de Kerkabon e sua amiga, a senhorita de Saint-Yves não puderam resistir e espiaram pelo buraco da grande fechadura, para ver como o huron dormia. Viram que havia estendido a roupa de cama no chão e que repousava na mais bela atitude do mundo.

Capítulo II

O huron, chamado o Ingênuo, é reconhecido por seus parentes

O Ingênuo, segundo seu costume, acordou com o sol, ao cantar do galo, que na Inglaterra e na terra dos hurões é chamado *a trombeta do dia*. Não era como a gente da alta sociedade que enlanguesce numa cama ociosa, até que o sol tenha feito a metade de seu curso, que não pode nem dormir nem levantar, que perde tantas horas preciosas nesse estado intermediário entre a vida e a morte e que ainda se queixa de que a vida é demasiado curta.

Já percorrera duas ou três léguas, tinha abatido com a funda umas trinta peças de caça, quando, ao regressar, encontrou o prior de Nossa Senhora da Montanha e sua discreta irmã passeando de touca de dormir pelo pequeno jardim. Apresentou-lhes sua caça e, tirando da camisa uma espécie de talismã que trazia sempre ao pescoço, pediu-lhes que o aceitassem como agradecimento por sua boa recepção.

– É o que tenho de mais precioso, - disse ele. - Asseguraram-me que eu seria sempre feliz enquanto o usasse e o dou de presente, para que sejam sempre felizes.

O prior e sua irmã sorriram comovidos diante da simplicidade de Ingênuo. Esse presente consistia em dois pequenos retratos muito mal feitos, unidos por um cordão, todo engordurado.

A senhorita de Kerkabon perguntou-lhe se havia pintores na terra dos hurões.

– Não, - disse o Ingênuo, - esta raridade foi presente de minha ama. Seu marido a adquirira por conquista, despojando alguns franceses do Canadá que haviam guerreado contra nós. É tudo o que sei.

O prior examinava atentamente aqueles retratos. Mudou de cor, emocionou-se, suas mãos começaram a tremer.

– Por Nossa Senhora da Montanha! - Exclamou. Creio que é o retrato de meu irmão capitão e sua mulher.

A senhorita, depois de os ter observado com igual emoção, também achou o mesmo. Ambos estavam tomados de espanto e de uma alegria mesclada de sofrimento; os dois se enterneciam, ambos choravam, seu coração palpitava, soltavam gritos, arrancavam os retratos um ao outro, cada um os tomava e devolvia vinte vezes por segundo, devoravam com os olhos os retratos e o hurão. Perguntavam-lhe um após outro, e os dois ao mesmo tempo, em que lugar, em que época, de que modo, tinham aquelas miniaturas ido parar nas mãos de sua ama. Comparavam as datas. Lembravam-se de ter tido notícias do capitão até sua chegada à terra dos hurões e, desde então, nada mais conseguiram saber a seu respeito.

O Ingênuo lhes dissera que não havia conhecido nem pai nem mãe. O prior, que era bom observador, notou que o Ingênuo tinha um pouco de barba e sabia que os hurões não a têm. "Seu queixo tem barba. O Ingênuo deve ser, portanto, filho de um europeu. Meu irmão e a minha cunhada não apareceram mais depois da expedição contra os hurões em 1669. Meu sobrinho devia ser então criança de peito. A ama huronesa lhe salvou a vida e serviu-lhe de mãe." Enfim, depois de cem perguntas e cem respostas, o prior e sua irmã concluíram que o huron era seu próprio sobrinho. Eles o abraçavam chorando, e o Ingênuo ria, sem poder imaginar como é que um huron poderia ser sobrinho de um prior da Baixa Bretanha.

Acorreram todos. O senhor de Saint-Yves, que era um grande fisionomista, comparou os dois retratos com o rosto do Ingênuo. Notou de forma muito hábil que ele tinha os olhos da mãe, a testa e o nariz do falecido capitão de Kerkabon e as faces que puxavam por ambos.

A senhorita de Saint-Yves, que jamais vira o pai nem a mãe, assegurou que o Ingênuo se assemelhava perfeitamente a eles. Todos admiravam a Providência e a concatenação dos acontecimentos deste mundo. Estavam enfim tão persuadidos, tão convictos da origem de Ingênuo, que ele próprio consentiu em ser sobrinho do senhor prior, dizendo que gostaria tanto de o ter por tio como a qualquer outro.

Foram agradecer a Deus na igreja de Nossa Senhora da Montanha, enquanto o huron, com um ar indiferente, se divertia bebendo em casa.

Os ingleses, que o tinham trazido e que estavam prestes a zarpar, vieram dizer-lhe que era hora de partir.

– Pelo que vejo – lhes disse o huron, – vocês não encontraram seus tios e suas tias. Eu vou ficar aqui. Voltem para Plymouth, dou-lhes de presente todos os meus trapos, não tenho necessidade de mais nada no mundo, porquanto sou sobrinho de um prior.

Os ingleses içaram as velas, pouco se importando que o huron tivesse ou não parentes na Baixa Bretanha.

Depois que o tio, a tia e todas as visitas cantaram o *Te Deum*, depois que o magistrado encheu o Ingênuo de novas perguntas, depois que esgotaram tudo o que o espanto, a alegria e a ternura podem levar a dizer, o prior da Montanha e o padre de Saint-Yves resolveram batizá-lo o mais depressa possível. Mas um huron adulto, de vinte e dois anos, não estava na mesma situação de uma criança, a quem se regenera sem que nada saiba. Era preciso instruí-lo e isso parecia difícil, pois o padre de Saint-Yves supunha que um homem que não nascera na França não podia ser possuidor do senso comum.

O prior observou à comunidade que, se de fato o Ingênuo, seu sobrinho, não tivera a ventura de nascer na Baixa Bretanha, nem por isso deixava de ter espírito, o que se podia ser avaliado por todas as suas respostas e que certamente a natureza muito o favorecera, tanto do lado paterno quanto do materno.

Perguntaram-lhe, em primeiro lugar, se ele já tinha lido algum livro. Respondeu que havia lido Rabelais, traduzido em inglês, e alguns trechos de Shakespeare que sabia de cor. Disse que tinha encontrado esses livros com o capitão do navio que o trouxera da América para Plymouth e que tinha gostado muito deles. O magistrado não deixou de interrogá-lo sobre esses livros.

– Confesso, - disse o Ingênuo, - que pensei adivinhar alguma coisa, mas não entendi o resto.

A essas palavras, o padre de Saint-Yves refletiu que era assim que ele próprio sempre havia lido e que a maioria dos homens não lia realmente de outra forma.

– Sem dúvida, já leu a Bíblia? - perguntou ao Ingênuo.

– De modo algum, senhor padre. Não estava entre os livros de meu capitão e nunca ouvi falar dela.

– Aí está como são esses malditos ingleses, - gritava a senhorita de Kerkabon. - Fazem mais questão de uma peça de Shakespeare, de um *plum-pudding* e de uma garrafa de rum do que do Pentateuco. Por isso é que nunca converteram ninguém na América. Certamente são amaldiçoados por Deus e dentro em pouco nós lhes tomaremos a Jamaica e a Virgínia.

De qualquer maneira, mandaram buscar o alfaiate mais hábil de Saint-Malo para vestir o Ingênuo dos pés à cabeça. Os representantes da comunidade se separaram. O magistrado foi fazer suas perguntas em outro lugar. A senhorita de Saint-Yves, ao partir, voltou-se várias vezes, a fim de olhar para o Ingênuo e lhe fez reverências mais profundas do que jamais as fizera a ninguém em toda a sua vida.

O magistrado, antes de partir, apresentou à senhorita de Saint-Yves um simplório de filho que acabara de sair do colégio, mas ela mal lhe dirigiu o olhar, tão ocupada estava com a delicadeza do huron.

Capítulo III

O huron, chamado o Ingênuo, é convertido

O senhor prior, vendo que envelhecia e que Deus lhe enviava um sobrinho para seu consolo, considerou que poderia transmitir-lhe o priorado, se conseguisse batizá-lo e convencê-lo a seguir a carreira do sacerdócio.

O Ingênuo tinha excelente memória. A firmeza do tipo da Baixa Bretanha, fortalecida pelo clima do Canadá, tornara-lhe a cabeça tão vigorosa que, quando batiam nela, mal o sentia. E tudo o que lhe incutiam na cabeça, nunca se apagava, jamais havia esquecido coisa alguma. E tanto mais viva e nítida era sua concepção, porquanto sua infância não fora sobrecarregada com as inutilidades e tolices que acabrunham a nossa, de maneira que as coisas penetravam em seu cérebro sem nuvens. O prior resolveu enfim induzi-lo a ler o Novo Testamento. O Ingênuo devorou-o com grande prazer, mas, não sabendo em que época nem em que local haviam acontecido as aventuras ali narradas, não duvidou que o teatro dos acontecimentos fosse a Baixa Bretanha e jurou que cortaria o nariz e as orelhas de Caifás e de Pilatos, se algum dia encontrasse esses marotos.

O tio, encantado com essa boa disposição, o esclareceu em pouco tempo. Elogiou seu zelo, mas fez-lhe ver que esse zelo era inútil, visto que essas pessoas tinham morrido havia cerca de mil seiscentos e noventa anos. Logo, o Ingênuo sabia quase todo o livro de cor. Apresentava algumas vezes objeções que deixavam o prior em grande dificuldade. Via-se obrigado muitas vezes a consultar o padre de Saint-Yves que, não sabendo o que responder, mandou chamar um jesuíta da Baixa Bretanha para completar a conversão do huron.

Finalmente, a graça operou. O Ingênuo prometeu tornar-se cristão. Não teve dúvidas de que deveria começar por ser circuncidado, pois, dizia ele, "não vejo no livro que me deram para ler um único personagem que não o tenha sido. É evidente, portanto, que devo fazer o sacrifício de meu prepúcio e quanto mais cedo, melhor." Não vacilou. Mandou chamar o cirurgião da aldeia e pediu-lhe que fizesse a operação, esperando alegrar infinitamente a senhorita de Kerkabon e a toda a comunidade, depois que a coisa tivesse sido feita. O cirurgião, que nunca fizera essa operação, advertiu sobre os riscos à família, que explodiu em altos gritos. A boa Kerkabon temeu que seu sobrinho, que parecia resoluto e expedito, fizesse em si mesmo a operação com desastrada imperícia e disso resultassem tristes sequelas, pelas quais as damas sempre se interessam por pura bondade de alma.

O prior retificou as ideias do huron. Fez-lhe ver que a circuncisão não estava mais em moda, que o batismo era muito mais suave e salutar, que a lei da graça não era como a lei do rigor. O Ingênuo, que tinha bastante bom senso e retidão, discutiu, mas reconheceu seu erro, coisa muito rara na Europa entre as pessoas que discutem. Prometeu enfim deixar-se batizar quando bem quisessem.

Antes era preciso confessar-se e aí residia a maior dificuldade. O Ingênuo sempre trazia no bolso o livro que o tio lhe dera. Não encontrava nele nenhum apóstolo que se tivesse confessado alguma vez e isso o tornava bastante rebelde. O prior lhe fechou a boca, ao mostrar-lhe, na epístola de São Tiago Menor, estas palavras que causam tanta dificuldade para os hereges: "*Confessai vossos pecados uns aos outros.*" O huron se calou de vez e se confessou a um frade recoleto. Terminada a confissão, tirou o frade do confessionário e, segurando vigorosamente o homem, ocupou o lugar dele, obrigou-o a pôr-se de joelhos, dizendo-lhe: "Vamos, meu amigo. Está escrito: *Confessai vossos pecados uns aos outros*. Eu te contei os meus pecados; não sairás daqui sem que me tenhas contado os teus." Falando desse modo, apoiava seu grande joelho contra o peito da parte adversária. O frade começa a soltar gritos que retumbam pela igreja. Com o barulho, acorrem e veem o catecúmeno esmurrando o monge em nome de São Tiago Menor. Entretanto, a alegria de batizar um baixo-bretão huron e inglês era tão grande, que passaram por cima dessas singularidades. Houve até mesmo muitos teólogos que pensaram que a confissão não era necessária, uma vez que o batismo substituía tudo.

Combinaram a data com o bispo de Saint-Malo que, lisonjeado, como era de esperar, por ter a oportunidade de batizar um huron, chegou em pomposa carruagem, seguido de seu clero. A senhorita de Saint-Yves, bendizendo a Deus, pôs seu mais belo vestido e mandou chamar uma cabeleireira de Saint-Malo, para brilhar na cerimônia. O magistrado perguntador acorreu com toda a região. A igreja estava magnificamente ornamentada, mas, quando chegou a hora de buscar o huron para levá-lo à pia batismal, não foi encontrado.

O tio e a tia o procuraram por toda parte. Acharam que estivesse caçando, segundo seu costume. Todos os convidados à festa percorreram os bosques e as aldeias vizinhas. Nenhuma notícia do huron.

Começava-se a temer que tivesse voltado para a Inglaterra. Lembravam-se de tê-lo ouvido dizer que gostava muito desse país. O prior e a sua irmã estavam persuadidos de que ali não batizariam ninguém e temiam pela alma de seu sobrinho. O bispo estava confuso e prestes a regressar, o prior e o padre de Saint-Yves se desesperavam. O magistrado interrogava a todos os passantes com sua gravidade usual. A senhorita de Kerkabon chorava. A senhorita de Saint-Yves não chorava, mas dava profundos suspiros que pareciam testemunhar o seu gosto pelos sacramentos. Elas passeavam tristemente ao longo dos salgueiros e dos caniços que margeiam o riacho de Rance, quando perceberam no meio da corrente um grande vulto bastante branco com as mãos cruzadas no peito. Soltaram um grito e desviaram o olhar. Mas a curiosidade levou logo a melhor sobre qualquer outra consideração. Deslizaram suavemente entre os juncos e, quando tiveram certeza de que não eram vistas, resolveram verificar do que se tratava.

Capítulo IV

O Ingênuo é batizado

O prior e o padre, tendo acorrido, perguntaram ao Ingênuo o que estava fazendo ali.

— Ora essa! Espero o batismo, senhores. Já faz uma hora que estou dentro da água e não é nada justo me deixarem aqui congelando.

— Meu querido sobrinho, - disse-lhe carinhosamente o prior, - não é assim que se fazem batizados na Baixa Bretanha. Vista sua roupa e venha conosco.

Ouvindo essas palavras, a senhorita de Saint-Yves disse baixinho à sua companheira:

— Senhorita, será que ele já vai se vestir?

O huron, no entanto, retrucou ao prior:

— Agora o senhor não vai me convencer como da outra vez. Desde então tenho estudado muito e estou bem certo de que não se batiza de outra maneira. O eunuco da rainha Candace foi batizado num rio. Desafio-o a me mostrar no livro que me deu se alguma vez se batizou de qualquer outra forma. Ou não serei batizado de modo algum, ou serei batizado no rio.

Não adiantou alegar que os costumes haviam mudado. O Ingênuo era cabeçudo, pois era bretão e huron. Voltava sempre ao eunuco da rainha Candace. E embora a senhorita sua tia e a senhorita de Saint-Yves, que o tinham observado dentre os salgueiros, estivessem no direito de dizer-lhe que não lhe competia citar semelhante homem, não tomaram nenhuma atitude, tamanha era a sua discrição. O próprio bispo veio falar-lhe, o que já era muito, mas não adiantou. O huron discutiu com o bispo.

– Mostre-me, - lhe disse, - no livro que meu tio me deu, um único homem que não tenha sido batizado no rio, e eu farei tudo o que o senhor quiser.

A tia, desesperada, havia notado a primeira vez que o sobrinho fizera uma reverência, havia feito uma mais profunda à senhorita de Saint-Yves do que a qualquer outra pessoa da comunidade, e que nem ao senhor bispo saudara com esse respeito mesclado de cordialidade que testemunhara a essa formosa moça. A senhorita de Kerkabon tomou a decisão de dirigir-se a esta naquele grande embaraço. Pediu-lhe que usasse de sua influência para induzir o huron a batizar-se da mesma maneira que os bretões, não acreditando que seu sobrinho pudesse realmente tornar-se cristão, se persistisse em querer ser batizado na água corrente.

A senhorita de Saint-Yves enrubesceu com o secreto prazer que sentia em ser encarregada de tão importante missão. Aproximou-se modestamente do Ingênuo e, apertando-lhe a mão com um nobre gesto, disse-lhe:

– Será que não fará nada por mim?

Ao pronunciar essas palavras, baixava os olhos e os erguia com enternecedora graça.

– Ah! farei tudo o que quiser, senhorita, tudo o que me mandar: batismo de água, batismo de fogo, batismo de sangue, nada há que eu possa recusar-lhe.

A senhorita de Saint-Yves teve a glória de conseguir com duas palavras o que não haviam conseguido as solicitações do prior, nem as sucessivas interrogações do magistrado, nem mesmo as razões do senhor bispo. Ela sentiu seu triunfo, mas não avaliava ainda toda a sua extensão.

O batismo foi administrado e recebido com toda a decência, toda a magnificência, toda a distinção possível. O tio e a tia cederam ao padre de Saint-Yves e à sua irmã a honra de servir de padrinhos do Ingênuo. A senhorita de Saint-Yves estava radiante de alegria por se ver madrinha. Não sabia ao que a submetia esse grande título. Aceitou a honra sem tomar conhecimento de suas fatais consequências.

Como nunca houve cerimônia que não fosse seguida de um grande banquete, sentaram-se à mesa ao sair do batismo. Os espirituosos da Baixa Bretanha diziam que não se deveria batizar o vinho. O prior dizia que o vinho, segundo Salomão, alegra o coração do homem. O bispo acrescentava que o patriarca Judá amarrava seu jumento na parreira e mergulhava seu manto no sangue da uva e que era muito triste não poder fazer o mesmo na Baixa Bretanha, à qual Deus havia negado os vinhedos. Cada um procurava dizer uma boa frase sobre o batismo do Ingênuo e dirigir galanteios à madrinha. O magistrado, sempre interrogando, perguntava ao huron se ele seria fiel às suas promessas.

— Como quer que eu falte às minhas promessas, - respondeu o huron, - uma vez que as fiz entre as mãos da senhorita de Saint-Yves?

O huron se entusiasmou. Bebeu muito à saúde de sua madrinha.

— Se eu tivesse sido batizado por suas mãos, - disse ele, - a água fria que recebi sobre a nuca me teria queimado.

O magistrado achou a frase muito poética, ignorando o quanto a alegoria é familiar no Canadá. Mas a madrinha ficou extremamente contente.

O Ingênuo recebera o nome de Hércules, na pia batismal. O bispo de Saint-Malo não parava de perguntar quem era esse padroeiro, do qual nunca ouvira falar. O jesuíta, que era muito erudito, respondeu-lhe que se tratava de um santo que havia feito doze milagres. Havia ainda um décimo terceiro que valia os outros doze, mas não ficava bem a um jesuíta falar dele. Era aquele de ter transformado cinquenta meninas em mulheres, numa única noite. Um engraçado que se encontrava no local relembrou esse milagre em voz bem alta. Todas as damas baixaram os olhos e julgaram, pelo aspecto do Ingênuo, que ele era digno do santo de quem trazia o nome.

Capítulo V

O Ingênuo apaixonado

Deve-se dizer que, desde esse batizado e esse banquete, a senhorita de Saint-Yves começou a desejar ardentemente que o bispo a convidasse ainda a participar de algum belo sacramento com Hércules, o Ingênuo. Entretanto, como era bem educada e muito discreta, não ousava sequer assumir para consigo mesma seus ternos sentimentos, mas, se lhe escapava um olhar, uma palavra, um gesto, um pensamento, envolvia tudo isso num véu de pudor infinitamente amável. Era terna, viva e sábia.

Logo que o bispo partiu, o Ingênuo e a senhorita de Saint-Yves se encontraram sem deixar transparecer que se procuravam. Falaram-se, sem imaginar o que diriam. O Ingênuo lhe disse primeiro que a amava de todo o coração e que a bela Abacaba, por quem estivera louco em sua terra, não lhe chegava aos pés. A senhorita respondeu-lhe, com sua modéstia usual, que era preciso o quanto antes falar disso ao prior seu tio e à senhorita sua tia e que, de sua parte, iria dizer duas palavras a seu caro irmão, o padre de Saint-Yves, e ainda que esperava um consentimento de todos.

O Ingênuo retrucou que não tinha necessidade do consentimento de ninguém, que lhe parecia extremamente ridículo ir perguntar a outros o que se deveria fazer, que, quando dois estão de acordo, não há necessidade de um terceiro para arranjar as coisas.

– Não consulto ninguém, - disse, - quando tenho vontade de comer, de caçar, de dormir. Sei muito bem que, no amor, é bom ter o consentimento da pessoa que se ama, mas, como não é por meu tio nem por minha tia que estou apaixonado, não é a eles que devo me dirigir neste caso; e, se a senhorita acreditar em mim, poderá muito bem dispensar o padre de Saint-Yves.

Pode-se imaginar como a bela bretã teve de empregar toda a delicadeza de seu espírito para induzir o huron a adequar-se aos termos da conveniência. Chegou até mesmo a se zangar, mas logo se acalmou. Enfim, não se sabe como teria terminado essa conversa se, ao anoitecer, o padre não houvesse levado a irmã para seu mosteiro. O Ingênuo deixou que os tios fossem se deitar, pois estavam um pouco cansados com a cerimônia e o longo banquete. Passou parte da noite fazendo versos para sua amada, em huron, pois é sabido que não há país no mundo em que o amor não transforme os namorados em poetas.

No dia seguinte, após o almoço, assim lhe falou o tio, na presença da senhorita de Kerkabon, que se achava toda emocionada:

– Louvado seja Deus, meu querido sobrinho, por ter a honra de ser cristão e bretão! Mas isso não basta. Já estou ficando velho, meu irmão deixou somente um cantinho de terra que pouco vale. Tenho um bom priorado. Se quiser ao menos tornar-se subdiácono, como o espero, lhe passarei meu priorado e viverá tranquilamente, depois de ter sido o consolo de minha velhice.

— Meu tio, - respondeu o Ingênuo, - que bom proveito lhe faça! Viva quanto puder. Não sei o que é ser subdiácono, nem o que quer passar o priorado, mas tudo ficará a meu contento, desde que tenha a senhorita de Saint-Yves à minha disposição.

— Ai, meu Deus! Meu sobrinho, que está dizendo? Então você ama loucamente essa linda senhorita?

— Sim, meu tio.

— Ai, meu sobrinho! É impossível você casar com ela.

— É totalmente possível, meu tio, pois ela, ao partir, não só me apertou a mão, como prometeu que me pediria em casamento; e, sem dúvida nenhuma, a desposarei.

— Isso é impossível, lhe digo. Ela é sua madrinha e é um pecado terrível para uma madrinha apertar assim a mão do afilhado. Não é permitido casar com a própria madrinha, as leis divinas e humanas se opõem a isso.

— Que droga, meu tio! Está brincando comigo. Por que haveria de ser proibido casar com a madrinha, quando ela é jovem e bonita? Não encontrei no livro que me deu que não ficasse bem desposar as moças que ajudam as pessoas a serem batizadas. Todos os dias descubro que aqui fazem uma infinidade de coisas que não estão em seu livro e que nada fazem de tudo o que ele diz. Confesso-lhe que isso me espanta e aborrece. Se me privarem da bela Saint-Yves, com o pretexto de meu batismo, fique sabendo que a tiro da casa dela e me desbatizo.

O prior ficou confuso, sua irmã chorou.

— Meu caro irmão, - disse ela, - nosso sobrinho não deve perder a alma. Nosso Santo Padre poderá conceder-lhe dispensa e então poderá ser cristamente feliz com aquela que ama.

O Ingênuo abraçou a tia.

— Quem é esse homem encantador, - perguntou, - que favorece tão bondosamente os moços e as moças em seus amores? Quero falar com ele imediatamente.

Explicaram-lhe o que era o Papa, e o Ingênuo ficou ainda mais espantado do que antes.

— Não há uma só palavra de tudo isso em seu livro, meu caro tio. Tenho viajado, conheço o mar, estamos na costa do oceano e eu tenho que deixar a senhorita de Saint-Yves para ir pedir permissão para amá-la a um homem que mora perto do Mediterrâneo, a quatrocentas léguas daqui, e cuja língua não entendo! Isso é de um ridículo incompreensível. Vou falar imediatamente com o padre de Saint-Yves que mora a apenas uma légua daqui e garanto-lhe que desposarei hoje mesmo minha namorada.

Enquanto ainda falava, entrou o magistrado que, segundo seu costume, lhe perguntou para onde ia.

– Vou casar-me, - disse o Ingênuo, - já correndo.

E, dali a um quarto de hora, já se encontrava em casa de sua bela e querida bretã, que ainda dormia.

– Ah, meu irmão! - dizia a senhorita de Kerkabon ao prior. - Jamais conseguirá fazer um subdiácono de nosso sobrinho.

O magistrado ficou muito descontente com essa viagem, pois pretendia que seu filho se casasse com a Saint-Yves. E esse filho era ainda mais tolo e insuportável que o pai.

Capítulo VI

O Ingênuo chega à casa de sua namorada e fica furioso

Logo que chegara, o Ingênuo havia perguntado a uma velha criada onde era o quarto de sua amada e, sem perda de tempo, empurrou com força a porta mal fechada, correndo para a cama. Acordando em sobressalto, a senhorita exclamou:

– Como?! É você? Pare! Que está fazendo?

– Estou casando contigo, - respondeu.

E com efeito a desposaria, se ela não se houvesse debatido com toda a honestidade de uma pessoa que tem educação.

O Ingênuo não queria saber de brincadeira. Achava todas essas maneiras extremamente impertinentes.

– Não era assim que se comportava a senhorita Abacaba, minha primeira namorada. Você não tem caráter, prometeu-me casamento e não quer casar-se. Estás infringindo as leis mais elementares da honra. Vou ensinar-lhe a manter a palavra e vou reconduzi-la no caminho da virtude.

O Ingênuo possuía uma virtude varonil e intrépida, digna de seu padroeiro Hércules, cujo nome recebera no batismo. Ia exercê-la em toda a sua extensão quando, aos gritos lancinantes da senhorita mais discretamente virtuosa, acorreu o sensato padre de Saint-Yves, com sua governanta, um velho criado devoto e mais um padre da paróquia.

– Oh, Meu Deus! meu caro vizinho, - lhe disse o padre, - que está fazendo aqui?

– É meu dever, - replicou o jovem. - Estou cumprindo minhas promessas, que são sagradas.

A senhorita de Saint-Yves se recompôs, enrubescendo. Levaram o Ingênuo para outro aposento. O padre censurou a monstruosidade de seu procedimento. O Ingênuo defendeu-se, alegando os privilégios da lei natural, que conhecia perfeitamente. O padre tentou provar-lhe que a lei positiva devia ter precedência e que, sem as convenções estabelecidas entre os homens, a lei da natureza não passaria quase nunca de uma violação natural.

– São necessários, - disse, - notários, padres, testemunhas, contratos, dispensas.

O Ingênuo lhe respondeu com a reflexão que sempre fizeram os selvagens:

– Vocês devem ser muito desonestos, visto que é necessário tomar tantas precauções.

O padre teve dificuldade para resolver esse imprevisto.

– Confesso, - disse, - que há muitos inconstantes e velhacos entre nós, como haveria entre os hurões, se estivessem reunidos numa grande cidade. Mas há também homens sábios, honestos, esclarecidos e foram esses homens que fizeram as leis. Quanto mais honrado é um homem, mais deve submeter-se a elas. Damos o exemplo aos dominados pelos vícios que respeitam um freio que a virtude se impôs a si mesma.

Essa resposta impressionou o Ingênuo. Já foi dito que ele tinha um espírito justo. Acalmaram-no com palavras elogiosas, encheram-no de esperanças. Essas são as ciladas em que sempre caem os homens dos dois hemisférios. Foi-lhe apresentada até mesmo a senhorita de Saint-Yves, depois que tivera tempo de fazer sua toalete. Tudo se passou no maior decoro, mas, apesar de toda essa decência, os olhos flamejantes do Ingênuo Hércules faziam sempre baixar os de sua amada e tremer os presentes.

Tiveram um trabalho imenso para fazê-lo voltar a seus parentes. Mais uma vez foi necessário recorrer à influência da bela Saint-Yves. Quanto mais ela sentia seu poder sobre ele, mais o amava. Obrigou-o a partir, ficando ela muito aflita. Finalmente, depois que ele partiu, o padre que, além de irmão mais velho da senhorita de Saint-Yves, era também seu tutor, tomou a decisão de subtrair sua pupila às solicitudes daquele terrível namorado. Foi consultar o magistrado que, tendo sempre em vista o casamento de seu filho com a irmã do padre, aconselhou-o a mandar a pobre moça para um convento. Foi um golpe terrível. Uma indiferente que fosse encerrada num convento haveria de pôr-se aos gritos, mas uma apaixonada, e uma apaixonada tão sábia quanto terna, era mesmo coisa de mergulhá-la no desespero.

O Ingênuo, de volta à casa do prior, contou tudo com sua usual simplicidade. Recebeu as mesmas recriminações que produziram algum efeito em seu espírito e nenhum em seus sentidos. Mas, no dia seguinte, quando pretendeu voltar à casa de sua bela namorada, para discutir com ela sobre a lei natural e a lei de convenção, o magistrado informou-o, com uma insultante alegria, que a senhorita de Saint-Yves estava num convento.

– Pois bem, - disse, - irei discutir com ela nesse convento.

– Isso é impossível, - disse o magistrado.

Explicou-lhe longamente o que era um convento, esclareceu que essa palavra vinha do latim *conventus*, que significa assembleia. O huron não conseguia atinar porque não podia ser admitido numa assembleia. Logo que ficou sabendo que essa assembleia era uma espécie de prisão onde mantinham as moças encerradas, coisa horrível, desconhecida entre os hurões e os ingleses, ficou tão furioso como seu padroeiro Hércules, quando Eurites, rei da Ecália, não menos cruel que o padre de Saint-Yves, lhe recusou a linda Iola, sua filha, não menos linda que a irmã do padre. Queria partir para incendiar o convento, raptar a namorada, ou morrer queimado junto com ela. A senhorita de Kerkabon, apavorada, renunciava mais do que nunca a todas as esperanças de ver seu sobrinho subdiácono e dizia, chorando, que ele tinha o diabo no corpo desde que fora batizado.

Capítulo VII

O Ingênuo repele os ingleses.

O Ingênuo, mergulhado em negra e profunda melancolia, foi passear à beira do mar, com sua espingarda de dois canos a tiracolo, com seu facão à cinta, atirando de vez em quando em alguns pássaros e, com frequência, tentado a atirar em si mesmo, mas ainda amava a vida, por causa da senhorita de Saint-Yves. Ora amaldiçoava o tio, a tia e toda a Baixa Bretanha, e mesmo seu batismo, ora os abençoava, pois lhe haviam feito conhecer aquela a quem amava. Tomava a resolução de ir incendiar o convento e subitamente desistia, de medo de queimar a sua amada. As ondas da Mancha não são mais agitadas pelos ventos de leste e oeste do que o era seu coração por tantos movimentos contrários.

Caminhava a passos largos, sem saber para onde, quando ouviu um rufar de tambores. Viu ao longe uma multidão, cuja metade corria para a margem e a outra fugia.

Mil gritos se elevavam de todos os lados. A curiosidade e a coragem levam-no a precipitar-se imediatamente para o local de onde partiam esses clamores. Voa para lá em quatro saltos. O comandante da milícia, que havia jantado com ele na casa do prior, logo o reconheceu. Corre para ele de braços abertos:

– Ah! É o Ingênuo. Ele combaterá por nós.

E as milícias, que morriam de medo, tranquilizaram-se e gritaram também: "É o Ingênuo! É o Ingênuo!"

– Senhores, - perguntou, - de que se trata? Por que estão todos desnorteados? Puseram suas noivas no convento?

Então cem vozes confusas gritam:

– Não está vendo os ingleses que abordam?

– Está bem! - retrucou o Ingênuo. São gente boa. Nunca pensaram em transformar-me em subdiácono, nem me roubaram a namorada.

O comandante deu-lhe a entender que os ingleses vinham pilhar o mosteiro da Montanha, beber o vinho de seu tio e talvez raptar a senhorita de Saint-Yves; que o pequeno navio, em que ele havia aportado na Bretanha, viera apenas para fazer um reconhecimento da costa; que os ingleses praticavam atos de hostilidade sem haver declarado guerra ao rei da França e que a província estava exposta.

— Ah! se é assim, eles violam a lei natural. Deixem isso comigo. Morei muito tempo com os ingleses, conheço sua língua e vou falar com eles. Não creio que possam ter tão más intenções.

Durante essa conversação, a esquadra inglesa se aproximava. Nosso huron se lança num pequeno barco, corre em direção a ela, chega, sobe no navio almirante e pergunta se é verdade que eles vêm devastar a região sem ter declarado guerra honestamente. O almirante e toda a tropa a bordo desatam a rir, obrigam-no a beber punch e o mandam de volta.

O Ingênuo, mordido, não pensava em mais nada, a não ser em bater-se contra seus antigos amigos por seus compatriotas e pelo prior. Os cavalheiros das redondezas acorriam de todos os lados. O Ingênuo junta-se a eles. Dispunham de alguns canhões. Ele os carrega, aponta e os dispara um após outro. Os ingleses desembarcam. Corre até eles, mata três e fere o almirante que havia zombado dele. Sua valentia anima a coragem de toda a milícia. Os ingleses reembarcam e toda a costa reboava com os gritos de vitória: "Viva o rei! Viva o Ingênuo!" Todos o abraçam, todos se apressam em estancar o sangue de alguns ferimentos leves que havia sofrido.

— Ah! - dizia, - se a senhorita de Saint-Yves estivesse aqui, me aplicaria uma compressa.

O magistrado, que se escondera em sua adega durante o combate, veio cumprimentá-lo como os outros. Mas ficou muito surpreso ao ouvir Hércules, o Ingênuo, dizer a uma dúzia de jovens de boa vontade que o cercavam:

— Meus amigos, não basta ter livrado o mosteiro da Montanha. É preciso libertar uma jovem.

Toda essa vibrante mocidade pegou fogo, a essas simples palavras. Já o seguiam em multidão e corriam para o convento. Se o magistrado não tivesse avisado imediatamente o comandante, se não tivessem corrido ao encalce do alegre bando, estava tudo feito. Trouxeram o Ingênuo para a casa dos tios que o inundaram de lágrimas de ternura.

— Bem vejo que nunca será nem subdiácono nem prior, - lhe disse o tio. - Será um oficial ainda mais bravo que meu irmão capitão e provavelmente tão necessitado quanto ele.

A senhorita de Kerkabon sempre chorando, o abraçava e lhe dizia:

— Vai ser morto como meu irmão. Seria muito melhor que se tornasse subdiácono.

No meio do combate, O Ingênuo havia recolhido uma grande bolsa cheia de guinéus que provavelmente o almirante deixara cair. Não tinha dúvida de que, com aquela bolsa, poderia comprar toda a Bretanha e, sobretudo, fazer da senhorita de Saint-Yves uma grande dama. Todos o exortaram a viajar para Versalhes, a fim de receber o prêmio de seus serviços. O comandante e os principais oficiais o cumularam de certificados. O tio e a tia aprovaram a viagem do sobrinho. Devia ser, sem dificuldade, apresentado ao rei. Só isso lhe daria um prodigioso prestígio na província. As duas excelentes criaturas acrescentaram à bolsa inglesa um considerável presente tirado de suas economias. O Ingênuo dizia consigo mesmo: "Quando vir o rei, vou pedir-lhe a senhorita de Saint-Yves em casamento e certamente não haverá de negá-lo." Partiu, pois, sob as aclamações de todo o cantão, sufocado de abraços, banhado pelas lágrimas da tia, abençoado pelo tio e recomendando-se à bela Saint-Yves.

Capítulo VIII

O Ingênuo vai à Corte.
Pelo caminho, janta com huguenotes

O Ingênuo tomou a estrada de Saumur, seguindo de coche, porque não havia então outra comodidade. Chegando a Saumur, surpreendeu-se ao encontrar a cidade quase deserta e ao ver várias famílias que se mudavam. Disseram-lhe que Saumur, seis anos antes, tinha mais de quinze mil almas e que agora não havia seis mil. Não deixou de falar disso à mesa na hospedaria. Vários protestantes estavam à mesa. Uns se queixavam amargamente, outros fremiam de cólera, outros choravam, dizendo: *Nos dulcia linquimus arva, nos patriam fugimus.* O Ingênuo, que não sabia latim, pediu explicação dessas palavras que significam: "Abandonamos nossas suaves campanhas, fugimos de nossa pátria."

— E por que fogem de sua pátria, senhores?

— É porque querem que reconheçamos o Papa.

— E por que não o reconhecem? Não têm, então, madrinhas com quem desejariam casar? Pois me disseram que é ele que concede permissão para isso.

— Ah! senhor, esse Papa diz que é senhor do domínio dos reis.
— Mas qual é a profissão dos senhores?
— Somos, na maioria, tecelões e fabricantes.
— Se o Papa alega que é senhor dos tecidos e das fábricas, fazem muito bem em não reconhecê-lo, mas, quanto aos reis, isso é assunto deles. Por que os senhores se metem nisso?

Um homenzinho de preto tomou então a palavra e expôs com muita sabedoria as queixas da comunidade. Falou com tanta energia da revogação do edito de Nantes, deplorou de maneira tão patética a sorte de cinquenta mil famílias fugitivas e de cinquenta mil outras convertidas pelos dragões, que o Ingênuo por sua vez desatou em pranto.

— Como se explica então, - dizia ele, - que tão grande rei, cuja glória se estende até os hurões, se prive desse modo de tantos corações que poderiam amá-lo e de tantos braços que poderiam servi-lo?

— É que o enganaram, como aos outros grandes reis. Convenceram-no de que, logo que dissesse uma palavra, todos os homens pensariam como ele e que nos faria mudar de religião como seu músico Lulli muda num instante os cenários de suas óperas. Não só perde de imediato quinhentos a seiscentos mil súditos muito úteis, como os tornam seus inimigos. E o rei Guilherme, que é atualmente senhor da Inglaterra, constituiu vários regimentos desses mesmos franceses que poderiam combater por seu monarca. Tanto mais espantoso é esse desastre, que o Papa reinante, a quem Luís XIV sacrifica parte de seu povo, é seu inimigo declarado. Ambos vêm mantendo, há nove anos, uma querela violenta. Chegou a tais extremos, que a França pensou ver enfim quebrar-se o jugo que há tantos séculos a submete a esse estrangeiro e que, principalmente, não lhe enviaria mais dinheiro, que é o primeiro móvel dos negócios deste mundo. Parece, pois, evidente que enganaram a esse grande rei quanto a seus interesses e à extensão de seu poder, atentando também contra a magnanimidade de seu coração.

O Ingênuo, cada vez mais impressionado, perguntou quais eram os franceses que assim enganavam um monarca tão caro aos hurões.

— São os jesuítas, - responderam-lhe. - Sobretudo o padre de La Chaise, confessor de Sua Majestade. Esperamos que Deus os haverá de punir um dia e que sejam caçados como agora nos caçam. Haverá desgraça igual à nossa? Mons. de Louvois nos envia jesuítas e dragões de todos os lados.

— Pois bem, senhores, - replicou o Ingênuo, - que não podia mais conter-se, - estou indo para Versalhes receber a recompensa devida a meus serviços. Vou falar com esse Mons. de Louvois. Disseram-me que é ele que dirige a guerra, de seu gabinete. Vou falar com o rei e dar-lhe a conhecer a verdade. É impossível que não se rendam a essa verdade quando a sentirem. Em breve estarei de volta para desposar a senhorita de Saint-Yves e convido-os a todos para o casamento.

Aquela boa gente o tomou então por um senhor importante que viajava incógnito num coche. Alguns acharam que fosse o bobo da Corte.

Havia à mesa um jesuíta disfarçado que servia de espião ao reverendo padre de La Chaise. Deixava-o a par de tudo, e o padre de La Chaise remetia as informações a Mons. de Louvois. O espião escreveu. O Ingênuo e a carta chegaram ao mesmo tempo em Versalhes.

Capítulo IX

Chegada do Ingênuo a Versalhes. Sua recepção na Corte

O Ingênuo desembarca no pátio das cozinhas reais. Pergunta aos portadores de liteira a que horas pode ver o rei. Os portadores riem na cara dele, como o havia feito o almirante inglês. Ele revidou da mesma forma, bateu neles. Quiseram dar-lhe o troco e a cena ia ser sangrenta, se não passasse um guarda do corpo, cavalheiro bretão, que dispersou o grupo.

— O senhor, - lhe disse o viajante, - parece um homem correto. Sou sobrinho do prior de Nossa Senhora da Montanha, matei ingleses, venho falar com o rei.

O guarda, surpreso por encontrar um bravo de sua província que não parecia estar a par dos usos da Corte, disse-lhe que não era assim que se falava com o rei e que era preciso ser apresentado a monsenhor de Louvois.

— Pois bem! Leve-me então a esse monsenhor de Louvois que, sem dúvida, me conduzirá a sua Majestade.

— É ainda mais difícil, - replicou o guarda, - falar com monsenhor de Louvois do que com Sua Majestade. Mas vou conduzi-lo ao senhor Alexandre, primeiro oficial da guerra; é como se falasse com o ministro.

Dirigem-se, pois, a esse Alexandre, primeiro oficial, e não podem ser recebidos. Estava em tratativas com uma dama da corte e dera ordens para que não deixassem entrar ninguém.

— Bem, - disse o guarda, - nada está perdido. Vamos ao primeiro oficial do senhor Alexandre. É a mesma coisa se falasse com o próprio senhor Alexandre.

O huron, perplexo, o segue. Permanecem meia hora numa pequena sala de espera.

— Que quer dizer isso tudo? - disse o Ingênuo. - Será que todos são invisíveis neste país? É mais fácil lutar na Baixa Bretanha contra ingleses do que encontrar em Versalhes as pessoas com quem se precisa falar.

Distraiu-se contando seus amores ao compatriota. Mas a hora tocou, chamando o guarda do corpo a seu posto. Prometeram encontrar-se no dia seguinte, e o Ingênuo ficou ainda outra meia hora na sala de espera, pensando na senhorita de Saint-Yves e na dificuldade de falar com os reis e com os oficiais. Finalmente, o oficial apareceu.

— Senhor, - disse-lhe o Ingênuo, - se eu tivesse esperado, para rechaçar os ingleses, tanto tempo quanto me fez esperar por minha audiência, agora estariam assolando à vontade toda a Baixa Bretanha.

Essas palavras impressionaram o funcionário que finalmente disse ao bretão:

— Que quer o senhor?

— Recompensa, - respondeu o outro. - Aqui estão minhas credenciais.

E mostrou-lhe todos os certificados. O funcionário os leu e disse que provavelmente lhe concederiam permissão para comprar um posto de lugar-tenente.

— Como? Eu? Dar dinheiro por haver rechaçado os ingleses? Pagar o direito de expor minha vida pelo senhor, enquanto o amigo dá tranquilamente suas audiências? Acho que está caçoando. Quero uma companhia de cavalaria gratuitamente. Quero que o rei faça a senhorita de Saint-Yves sair do convento e a conceda em casamento a mim. Quero falar ao rei em favor de cinquenta mil famílias que pretendo devolver-lhe. Numa palavra, quero ser útil: que me empreguem e me promovam.

— E como se chama o senhor, que fala assim tão alto?

— Oh! Oh! - recomeçou o Ingênuo. - Então não leu meus certificados? É assim, pois, que tratam a gente? Chamo-me Hércules de Kerkabon. Sou batizado, paro no Quadrante Azul e me queixarei do senhor a Sua Majestade.

O funcionário concluiu, como o pessoal de Saumur, que o Ingênuo não batia muito bem da cabeça e não lhe deu maior atenção.

Naquele mesmo dia, o reverendo padre La Chaise, confessor de Luís XIV, recebera a carta de seu espião que acusava Kerkabon de simpatizar com os huguenotes e de condenar a conduta dos jesuítas. Monsenhor de Louvois, por seu lado, recebera uma carta do magistrado interrogador, na qual o Ingênuo era descrito como um malandro que queria incendiar conventos e raptar moças.

O Ingênuo, depois de passear pelos jardins de Versalhes, onde se aborreceu, depois de haver jantado como um huron e como bretão, deitara-se na doce esperança de ver o rei no dia seguinte, de obter a mão da senhorita de Saint-Yves, de conseguir ao menos uma companhia de cavalaria e de fazer cessar a perseguição contra os huguenotes. Embalava-se nesses sedutores pensamentos, quando a polícia entrou em seu quarto. Apoderaram-se primeiramente de sua espingarda de dois canos e de seu grande sabre.

Fizeram um inventário de seu dinheiro de bolso e levaram-no para o castelo que o rei Carlos V, filho de João II, mandou construir nas proximidades da rua Santo Antônio, na porta Tournelles.

Qual era, pelo caminho, o espanto do Ingênuo, deixo a cada um imaginar. Julgou, a princípio, que se tratava de um sonho. Ficou aturdido, mas, de repente, acometido de um furor que lhe duplicava as forças, pega pela garganta dois de seus condutores que estavam com ele na carroça, joga-os pela portinhola, atira-se sobre eles, arrastando o terceiro que o queria deter. Tomba com o esforço, amarram-no e o repõem no veículo.

— Aí está, - pensava, - o que se ganha por repelir os ingleses da Baixa Bretanha! Que diria você, bela Saint-Yves, se me visse em tal estado?

Chegam enfim à prisão que lhe era destinada. Levam-no em silêncio para a cela onde devia ser encerrado, como um morto que carregam para o cemitério. A cela já estava ocupada por um velho solitário de Port-Royal, chamado Gordon, que ali definhava havia dois anos.

— Pronto! - lhe disse o chefe dos esbirros. - Aqui está um companheiro.

Imediatamente baixaram os enormes ferrolhos da porta maciça, revestida de largas barras. Os dois cativos ficaram separados do universo inteiro.

Capítulo X

O Ingênuo encarcerado na Bastilha com um jansenista

Gordon era um velho bem conservado e sereno que sabia duas grandes coisas: suportar a adversidade e consolar os infelizes. Avançou com semblante aberto e compassivo para seu companheiro, abraçando-o, disse-lhe:

— Quem quer que seja, você que vem compartilhar de meu túmulo, fique certo de que sempre esquecerei a mim mesmo, para suavizar seus tormentos no abismo infernal em que estamos mergulhados. Adoremos a Providência que para aqui nos trouxe, soframos em paz e esperemos.

Essas palavras causaram na alma do Ingênuo o efeito das gotas da Inglaterra que chamam um moribundo à vida e o fazem entreabrir os olhos espantados.

Depois dos primeiros cumprimentos, Gordon, sem apressá-lo para lhe contasse a causa da sua desdita, inspirou-lhe, pela brandura de suas palavras e esse interesse que têm um pelo outro dois infelizes, o desejo de abrir o coração e aliviar-se do fardo que o oprimia. Mas o Ingênuo não podia adivinhar o motivo de sua desgraça. Aquilo lhe parecia um efeito sem causa e Gordon estava tão espantado quanto ele.

— Não há dúvida, - disse o jansenista ao huron, - que Deus deve ter grandes desígnios a seu respeito, pois o conduziu do lago Ontário à Inglaterra e à França, levou-o a ser batizado na Baixa Bretanha, encerrando-o depois aqui para sua salvação.

— Palavra de honra, - retrucou o Ingênuo, - creio que foi apenas o diabo que se meteu em meu destino. Meus compatriotas da América jamais me haveriam tratado com a barbárie que provo aqui. Eles não têm a mínima ideia disso. São chamados *selvagens*. São realmente criaturas bastante grosseiras, mas os homens daqui são uns pilantras refinados. Sinto-me, na verdade, muito surpreso de ter vindo do outro mundo para ser trancafiado neste, em companhia de um padre, mas penso no prodigioso número de homens que partem de um hemisfério para serem mortos no outro ou que naufragam no meio do caminho e são devorados pelos peixes. Não vejo os graciosos desígnios de Deus sobre toda essa gente.

Alcançaram-lhes comida por um guichê. A conversa versou sobre a Providência, as cartas com sinete e sobre a arte de não sucumbir às desgraças a que todo homem está exposto neste mundo.

– Há dois anos que estou aqui, - disse o velho, - sem outra consolação a não ser eu próprio e alguns livros. Não tive um só momento de mau humor.

– Ah! senhor Gordon, não ama então sua madrinha? - exclamou o Ingênuo. - Se conhecesse, como eu, a senhorita de Saint-Yves, estaria no maior desespero.

A essas palavras, não pôde conter as lágrimas e sentiu-se então um pouco menos deprimido.

– Mas por que será que as lágrimas aliviam? - disse. - Parece-me que deveriam produzir efeito contrário.

– Meu filho, tudo em nós é de natureza física, - disse o bom velho. - Toda secreção faz bem ao corpo e tudo o que o alivia, alivia a alma. Somos as máquinas da Providência.

O Ingênuo que, como o dissemos várias vezes, tinha grande profundeza de espírito, fez profundas reflexões sobre essa ideia, cuja semente parecia estar dentro dele mesmo. Perguntou depois ao companheiro por que sua máquina estava presa há dois anos.

– Por causa da graça eficaz, - respondeu Gordon. - Passo por jansenista. Conheci Arnauld e Nicole, os jesuítas nos perseguiram. Cremos que o Papa não é mais que um bispo como qualquer outro e foi por isso que o padre de La Chaise obteve do rei, seu penitente, uma ordem para me arrebatar, sem nenhuma formalidade legal, o bem mais precioso dos homens, a liberdade.

– Pois aí está, como é estranho, - disse o Ingênuo. - Todos os infelizes que encontrei só o são por causa do Papa. Com relação à sua graça eficaz, confesso que nada entendo, mas considero como uma grande graça que Deus me tenha feito encontrar, em minha desgraça, um homem como o senhor, que injeta em meu coração consolação de que eu me julgava incapaz.

A cada dia, as conversas se tornavam mais interessantes e instrutivas. As almas dos dois cativos se ligavam uma à outra. O velho sabia muito, e o jovem desejava aprender muito. Depois de um mês, estava estudando geometria; devorava-a. Gordon lhe deu para ler a *Física* de Rohault, que estava ainda em moda, e teve o bom senso de só encontrar incertezas nessa obra. Leu depois o primeiro volume da *Busca da Verdade*. Essa nova luz o iluminou.

— Como! - dizia, - até esse ponto nos enganam nossa imaginação e nossos sentidos! Então os objetos não formam nossas ideias, nem nós próprios as podemos arquitetar.

Depois de ler o segundo volume, já não ficou tão satisfeito e concluiu que é mais fácil destruir do que edificar.

Seu coirmão, surpreso que um jovem ignorante fizesse uma reflexão, exclusiva de almas experientes, teve em grande consideração seu espírito e se afeiçoou mais ainda a ele.

— Seu Malebranche, lhe disse um dia o Ingênuo, me parece ter escrito a metade de seu livro com a razão e a outra com sua imaginação e seus preconceitos.

Alguns dias depois, perguntou-lhe Gordon:

— Que pensa então da alma, da maneira como recebemos nossas ideias, de nossa vontade, da graça, do livre-arbítrio?

— Nada, - respondeu o Ingênuo. - Se penso alguma coisa, é que estamos sob o poder do Ser eterno como os astros e os elementos; que ele faz tudo em nós que somos pequenas engrenagens na imensa máquina, da qual ele é a alma; que ele age por meio de leis gerais e não com objetivos particulares. Só isso me parece inteligível. Todo o resto é para mim um abismo de trevas.

— Mas, meu filho, isso seria fazer de Deus o autor do pecado.

— Mas, padre, sua graça eficaz que o senhor defende também faria de Deus o autor do pecado, pois é certo que todos aqueles, a quem essa graça fosse recusada, pecariam. E quem nos entrega ao mal não é o autor do mal?

Essa simplicidade embaraçava muito o velho. Ele próprio sentia que envidava esforços inúteis para sair desse atoleiro. Acumulava tantas palavras que pareciam ter sentido e não o tinham (do tipo da premonição física) que o Ingênuo chegava a sentir piedade. Essa questão residia evidentemente na origem do bem e do mal. Era necessário então que o pobre Gordon passasse em revista a caixa de Pandora, o ovo de Orosmade perfurado por Arimânio, a inimizade entre Trifon e Osíris e, finalmente, o pecado original. Ambos corriam nessa noite profunda, sem jamais se encontrarem um ao outro. Mas afinal esse romance da alma desviava seu espírito da contemplação de sua própria miséria e, por um estranho encanto, a multidão das calamidades esparsas no universo diminuía a sensação de suas penas. Não ousavam queixar-se quando tudo sofria.

Mas no repouso da noite, a imagem da bela Saint-Yves apagava no espírito de seu namorado todas as ideias de metafísica e de moral. Acordava com os olhos banhados de lágrimas. E o velho jansenista esquecia sua graça eficaz, esquecia o padre de Saint-Cyran e Jansênio, para consolar um jovem a quem supunha estar em pecado mortal.

Depois de suas leituras, de suas discussões, voltavam a falar de suas aventuras. E depois de terem falado inutilmente delas, passavam a ler juntos ou em separado. O espírito do jovem se fortalecia sempre mais. Teria ido muito longe em matemática, não fossem as distrações que lhe causava a senhorita de Saint-Yves.

Leu livros de História, que o entristeceram. O mundo lhe pareceu demasiadamente mau e miserável. Com efeito, a história não é mais que o quadro dos crimes e das desgraças. A multidão dos homens inocentes e pacíficos sempre desaparece nesses vastos teatros. Os principais personagens são apenas ambiciosos e perversos. Parece que a história só agrada como a tragédia que aborrece quando não é animada pelas paixões, os crimes e os grandes infortúnios. É preciso armar Clio com um punhal como Melpômenes.

Embora a história da França esteja repleta de horrores como todas as outras, pareceu-lhe, no entanto, tão enfadonha no princípio, tão seca no meio, tão pequena enfim, mesmo na época de Henrique IV, sempre tão desprovida de grandes momentos, tão estranha a essas belas descobertas que celebrizaram outras nações, que se via obrigado a lutar contra o tédio para ler todos aqueles detalhes de obscuras calamidades delimitadas num canto do mundo.

Gordon pensava como ele. Os dois riam de piedade quando se tratava daqueles soberanos de Fezensac, de Fesansaguet e de Astarac. De fato, esse estudo só aproveitaria aos herdeiros desses, se os tivessem. Os belos séculos da república romana deixaram-no algum tempo indiferente pelo resto da terra. O espetáculo de Roma vitoriosa e legisladora das nações ocupava sua alma inteira. Extasiava-se ao contemplar esse povo que foi governado durante setecentos anos pelo entusiasmo da liberdade e da glória.

Assim se passavam os dias, as semanas, os meses. E ele até se julgaria feliz na morada do desespero, se não amasse.

Sua bondosa alma enternecia-se à lembrança do prior e da sensível Kerkabon.

– Que pensarão eles, repetia seguidamente, sem notícias minhas? Certamente me considerarão um ingrato.

Esse pensamento o atormentava. Lamentava aqueles que o amavam, muito mais do que se lamentava a si mesmo.

Capítulo XI

Como o Ingênuo desenvolve seu espírito

A leitura engrandece a alma e um amigo esclarecido a consola. Nosso cativo gozava dessas duas vantagens que antes sequer havia suspeitado.

– Sinto-me tentado,– disse, - a crer nas metamorfoses, pois me transformei de bruto em homem.

Formou para ele uma biblioteca selecionada com parte de seu dinheiro de que lhe permitiam dispor. O amigo o encorajou a pôr por escrito suas reflexões. Aqui vai o que escreveu sobre a história antiga:

"Imagino que as nações foram por muito tempo como eu. Só se instruíram muito tarde e, durante séculos, só se ocuparam do momento presente, muito pouco do passado e jamais do futuro. Percorri quinhentas ou seiscentas léguas do Canadá sem encontrar um único monumento. Por lá, ninguém sabe nada do que fez seu bisavô. Não será esse o estado natural do homem? A espécie que habita este continente parece-me superior à do outro. Há séculos vem enriquecendo sua existência por meio das artes e dos conhecimentos. Será por que eles têm barba no queixo e Deus a recusou aos americanos? Não o creio, pois vejo que os chineses quase não têm barba e cultivam as artes há mais de cinco mil anos. Com efeito, se possuem mais de quatro mil anos de anais, é forçoso que a nação já estivesse unida e florescente há cinquenta séculos."

"O que me impressiona especialmente nessa história antiga da China é que quase tudo nela é verossímil e natural. O que mais me admira é que não há nada nela de maravilhoso."

"Por que será que todas as outras nações se atribuíram origens fabulosas? Os antigos cronistas da história da França, que não são muito antigos, fazem provir os franceses de um Francus, filho de Heitor. Os romanos se consideravam descendentes de um frígio, embora não houvesse na língua deles uma única palavra que tivesse a menor relação com a língua da Frígia. Os deuses haviam habitado dez mil anos no Egito e os diabos, na Cítia, onde haviam gerado os hunos. Antes de Tucídides, não vejo senão romances semelhantes a *Amadis* e muito menos divertidos. Há, em toda parte, aparições, oráculos, prodígios, sortilégios, metamorfoses, sonhos interpretados e que ditam o destino dos maiores impérios e dos menores Estados. Aqui animais que falam, acolá animais que são adorados, deuses transformados em homens e homens transformados em deuses. Ah! se é necessário que haja fábulas, que essas sejam pelo menos o emblema da verdade! Gosto das fábulas dos filósofos, acho graça daquelas das crianças, odeio aquelas dos impostores."

Um dia lhe caiu nas mãos a história do imperador Justiniano. Lia-se ali que apedeutas de Constantinopla haviam baixado, em péssimo grego, um edito contra o maior comandante do século, porque esse herói havia pronunciado as seguintes palavras no calor da discussão: "A verdade brilha com sua própria luz e não se iluminam os espíritos com as chamas das fogueiras." Os apedeutas afirmaram que essa proposição era herética, cheirava à heresia, e que o axioma contrário era católico, universal e grego: "Só se iluminam os espíritos com a chama das fogueiras e a verdade não pode brilhar com luz própria." Esses linóstolos condenaram assim várias frases do comandante e baixaram um edito.

— Como! - exclamou o Ingênuo. - Editos baixados por esse tipo de gente!

— Não eram editos, - replicou Gordon,- eram contraeditos, de que todo o mundo zombava em Constantinopla, a começar pelo imperador. Esse era um príncipe sábio que soubera reduzir os apedeutas linóstolos a não fazerem senão o bem. Sabia que esses senhores e vários outros pastóforos haviam esgotado a paciência dos imperadores, seus predecessores, à força de contr-editos, em matéria mais grave.

— Fez muito bem, - disse o Ingênuo. - Deve-se apoiar os pastóforos e contê-los.

Pôs por escrito muitas outras reflexões que espantaram o velho Gordon.

— Pois é!- disse consigo mesmo,- consumi cinquenta anos para me instruir e receio não poder atingir o bom senso natural deste menino quase selvagem! Tremo ao pensar de ter laboriosamente fortalecido preconceitos, ao passo que ele só escuta a simples natureza.

O homem tinha alguns desses pequenos livros de crítica, dessas brochuras periódicas, nas quais homens incapazes de produzir o quer que seja denigrem as produções dos outros, onde os Visé insultam os Racine, e os Faydit, os Fénelon. O Ingênuo folheou alguns deles.

– Comparo-os, - dizia, - a certas moscas que vão depositar seus ovos no traseiro dos mais belos cavalos. Isso não os impede de correr.

Os dois filósofos mal se dignaram a lançar os olhos sobre esses excrementos da literatura.

Logo passaram a ler juntos os elementos da astronomia. O Ingênuo mandou buscar esferas. Esse grande espetáculo o extasiava.

– Como é duro, - dizia, - só começar a conhecer o céu depois que me arrebataram o direito de contemplá-lo! Júpiter e Saturno giram nesses espaços imensos. Milhões de sóis iluminam bilhões de mundos e, no cantinho de terra onde fui jogado, existem seres que me privam, a mim, ser vidente e pensador de todos esses mundos até onde minha vista poderia alcançar e daquele onde Deus me fez nascer! A luz feita para todo o universo está perdida para mim. Não me ocultavam essa luz no horizonte setentrional onde passei minha infância e minha juventude. Sem você, meu caro Gordon, eu estaria aqui no nada.

Capítulo XII

O que o Ingênuo pensa das peças de teatro

O Ingênuo se assemelhava a uma dessas árvores vigorosas que, nascidas num solo ingrato, estendem em pouco tempo suas raízes e seus ramos quando transplantadas em terreno favorável. E era realmente extraordinário que esse terreno fosse uma prisão.

Entre os livros que ocupavam o lazer dos dois cativos, havia poesias, traduções de tragédias gregas e algumas peças do teatro francês. Os versos que falavam de amor encheram, ao mesmo tempo, a alma do Ingênuo de prazer e de sofrimento. Todos lhe falavam de sua querida Saint-Yves. A fábula dos *Dois Pombos* cortou-lhe o coração. Ele estava bem longe de poder regressar a seu pombal.

Molière o encantou. Fazia-lhe conhecer os costumes de Paris e do gênero humano.

— Qual de suas comédias prefere?

— *Tartufo*, sem dúvida alguma.

— Penso da mesma forma, - disse Gordon. - Foi um tartufo que enfiou neste calabouço e talvez sejam uns tartufos que provocaram sua desgraça. O que acha dessas tragédias gregas?

— Boas para os gregos, - respondeu o Ingênuo.

Mas quando leu a *Ifigênia* moderna, *Fedro, Andrômaca, Atália*, ficou extasiado, suspirou, derramou lágrimas, decorava-as sem ter vontade de sabê-las de cor.

— Leia *Rodogune*, - disse-lhe Gordon.- Dizem que é a obra-prima do teatro; as outras peças, que tanto prazer lhe causaram, são pouca coisa se comparadas com ela.

O jovem, logo depois da primeira página, lhe disse:

— Isso não é do mesmo autor.

— Como descobriu?

— Ainda não sei, mas esses versos não me tocam nem o ouvido nem o coração.

— Oh! os versos não importam, - replicou Gordon.

— Para que então fazê-los? - retrucou o Ingênuo.

Depois de ter lido atentamente a peça, sem outro objetivo que o de sentir prazer, fitava o amigo com uns olhos secos e espantados, sem saber o que dizer. Mas, instado a dizer o que sentira, assim respondeu:

— Quase não entendi o começo; fiquei revoltado com o meio; a última cena me comoveu muito, embora me pareça pouco verossímil. Não me interessei por ninguém e não retive nem vinte versos, eu que os retenho todos, quando me agradam.

— Esta peça, no entanto, é considerada a melhor que possuímos.

— Se assim é, - replicou, - talvez seja como muitas pessoas que não merecem seus lugares. Afinal de contas, é uma questão de gosto. O meu não deve estar ainda formado. Posso me enganar, mas bem sabe que costumo dizer o que penso, ou antes, o que sinto. Desconfio que muitas vezes há ilusão, moda, capricho, nos julgamentos dos homens. Falei de acordo com a natureza. Pode ser que em mim a natureza se mostre muito imperfeita, mas pode ser também que ela seja, às vezes, pouco consultada pela maioria dos homens.

Começou então a recitar versos de *Ifigênia* e, embora não declamasse bem, emprestou-lhe tanta verdade e unção, que fez chorar o velho jansenista. Em seguida leu *Cinna*. Não chorou, mas admirou.

Capítulo XIII
A bela Saint-Yves vai a Versalhes

Enquanto nosso desafortunado mais se esclarecia do que se consolava; enquanto seu gênio, por tanto tempo abafado, se desenvolvia com tamanha rapidez e força; enquanto a natureza, que nele se aperfeiçoava, o vingava dos ultrajes da sorte, que teria sido do prior e de sua boa irmã, e da bela reclusa Saint-Yves? No primeiro mês, se inquietaram e, no terceiro, estavam mergulhados na dor. Eram alarmados por falsas conjeturas e rumores sem fundamento. Ao cabo de seis meses, acreditavam que estivesse morto. Finalmente, o senhor e a senhorita de Kerkabon ficaram sabendo, por uma velha carta que um guarda do rei havia escrito na Bretanha, que um jovem, parecido com o Ingênuo, chegara uma tarde a Versalhes, mas fora detido à noite e desde então ninguém mais ouvira falar dele.

– Ai! - disse a senhorita Kerkabon,- nosso sobrinho fez alguma tolice e deverá estar pagando por isso. É jovem, é bretão, não pode saber como deve se comportar na Corte. Meu querido irmão, não conheço Versalhes nem Paris. Esta é uma bela ocasião e talvez encontremos nosso pobre sobrinho. É o filho de nosso irmão e nosso dever é socorrê-lo. Quem sabe se não poderemos finalmente fazer com que se torne subdiácono, depois que o ardor da juventude se tiver amortecido? Tinha bastante inclinação para as ciências. Não lembra como discorria sobre o Antigo e o Novo Testamento? Somos responsáveis por sua alma, fomos nós que o batizamos e sua querida namorada Saint-Yves passa o dia chorando. Na verdade, é preciso ir a Paris. Se estiver escondido numa dessas escandalosas casas de diversão, de que tanto me falaram, de lá o haveremos de tirar.

O prior ficou sensibilizado com as palavras da irmã. Foi falar com o bispo de Saint-Malo, que batizara o huron, e pediu sua proteção e seu conselho. O prelado aprovou a viagem. Deu-lhe cartas de recomendação para o padre de La Chaise, confessor do rei, que era o mais alto dignitário do reino, para o arcebispo de Paris, Harlay, e para o bispo de Meaux, Bossuet.

Finalmente, os dois irmãos partiram, mas, chegando a Paris, viram- se perdidos como num vasto labirinto, sem linha e sem saída. Suas posses eram medíocres. Todos os dias necessitavam de viaturas para dedicar-se à busca e nada descobriam.

O prior apresentou-se ao reverendo padre de La Chaise, mas ele estava com a senhorita Du Thron e não podia dar audiência a priores. Bateu à porta do arcebispo, mas ele estava de portas fechadas com a bela senhora de Lesdiguières, tratando de assuntos da Igreja. Correu à casa de campo do bispo de Meaux, mas este examinava, com a senhorita de Mauléon, o amor místico da senhora Guyon. Entretanto, chegou a fazer-se ouvir pelos dois últimos prelados que lhe declararam não poderem meter-se no caso de seu sobrinho, visto que ele não era subdiácono.

Finalmente conseguiu ver o jesuíta. Este o recebeu de braços abertos, protestando que sempre tivera por ele particular estima, embora jamais o tivesse visto. Jurou que a sociedade dos Jesuítas sempre fora muito ligada aos bretões.

— Mas, continuou, será que seu sobrinho não tem a desgraça de ser huguenote?

— Certamente que não, reverendo padre.

— Não seria jansenista?

— Posso assegurar a Vossa Reverendíssima que é cristão recente. Faz cerca de onze meses que o batizamos.

— Está muito bem, muito bem, nós nos ocuparemos dele. E seus honorários são consideráveis?

— Oh! pouca coisa e meu sobrinho me sai muito caro.

— Há alguns jansenistas nas redondezas? Tome muito cuidado, meu caro prior, pois são mais perigosos que os huguenotes e os ateus.

— Não há nenhum, reverendo padre. Ninguém sabe o que é jansenismo em Nossa Senhora da Montanha.

— Tanto melhor. Pode ir e fique certo de que não há nada que eu não faça pelo senhor.

Despediu afetuosamente o prior e não pensou mais no caso.

O tempo corria e o prior e a boa irmã se desesperavam.

Entrementes, o maldito magistrado apressava o casamento do retardado do filho com a bela Saint-Yves, que tinham dado um jeito de fazê-la sair rapidamente do convento. Ela continuava a amar seu afilhado, da mesma forma que detestava o marido que lhe ofereciam. A afronta de ter sido recolhida num convento aumentava sua paixão, e a ordem de desposar o filho do magistrado elevava essa paixão ao cúmulo. O pesar, a ternura e o horror abalavam sua alma. O amor, como se sabe, é muito mais engenhoso e ousado numa jovem do que a amizade o é num velho prior e numa tia passando dos quarenta e cinco anos. De resto, ela havia evoluído bastante no convento, com os romances que conseguira ler às escondidas.

A bela Saint-Yves se lembrava da carta que um guarda da corporação havia escrito na Baixa Bretanha e da qual muito se havia falado na província. Resolveu ir pessoalmente obter informações em Versalhes, lançar-se aos pés dos ministros se seu marido estivesse na prisão, como lhe diziam, e obter justiça para ele, Não sei o que a advertia secretamente que na Corte nada é recusado a uma bela jovem. Não sabia, porém, o que isso custava.

Tomada essa resolução, sente-se consolada, está tranquila, não evita mais seu tolo pretendente. Acolhe o detestável sogro, acaricia o irmão, espalha alegria pela casa. Depois, no dia destinado à cerimônia, parte secretamente às quatro da madrugada com seus modestos presentes de núpcias e tudo o que pôde juntar. Havia tomado tão bem suas providências, que já estava a mais de dez léguas quando entraram em seu quarto, em torno do meio-dia. A surpresa e consternação foram enormes. O interrogador magistrado fez nesse dia mais perguntas do que em toda a semana. O noivo ficou mais tolo que nunca. O padre de Saint-Yves, encolerizado, resolveu partir atrás da irmã. O magistrado e seu filho decidiram acompanhá-lo. Desse modo, o destino conduzia a Paris quase todo esse cantão da Baixa Bretanha.

A bela Saint-Yves desconfiava que a estavam seguindo. Estava a cavalo. Informava-se discretamente com os agentes dos correios se não haviam encontrado um padre gordo, um enorme magistrado e um jovem pateta, a caminho de Paris. No terceiro dia, ao saber de que eles não estavam longe, tomou um caminho diferente, tendo a habilidade e a sorte de chegar a Versalhes, enquanto a procuravam inutilmente em Paris.

Mas como encontrar o rumo em Versalhes? Jovem, bela, sem conselho, sem apoio, desconhecida, exposta a tudo, como atrever--se a procurar um guarda do rei? Pensou em dirigir-se a um jesuíta de baixa categoria; havia-os para todas as condições de vida, como Deus, diziam, dera diferentes alimentos às diversas espécies de animais. Dera ao rei seu confessor, a quem todos os pedintes de benefícios chamavam de chefe da igreja galicana; em seguida, vinham os confessores das princesas; os ministros, não os tinham, pois não eram tolos para tanto. Havia os jesuítas da massa e, sobretudo, os jesuítas das criadas de quarto, pelas quais se sabiam os segredos das patroas e essa não era função insignificante. A bela Saint-Yves dirigiu-se a um destes últimos, que se chamava padre Tout-à-tous. Confessou-se com ele, contou-lhe suas aventuras, seu estado, seu perigo, conjurando-o a alojá-la na casa de alguma boa devota que a pusesse ao abrigo das tentações.

O padre Tout-à-tous acomodou-a na casa da mulher de um oficial da copa, uma de suas mais fiéis penitentes. Logo que se instalou, apressou-se em ganhar a confiança e amizade dessa mulher. Informou-se acerca do guarda bretão e mandou pedir-lhe o favor de vir ter com ela. Ao saber por ele que seu amado fora preso depois de falar com um funcionário de primeiro escalão, correu à casa deste. A vista de uma bela mulher o abrandou, pois cumpre confessar que Deus só criou as mulheres para domesticar os homens.

O funcionário, enternecido, confessou-lhe tudo.

– Seu namorado está na Bastilha há quase um ano e, se não fosse a senhorita, talvez ficasse por lá toda a vida.

A terna Saint-Yves desmaiou. Quando voltou a si, o funcionário lhe disse:

– Não tenho atribuições para fazer o bem. Todo o meu poder se limita a fazer o mal algumas vezes. Acredite em mim, vá ter com o senhor de Saint-Pouange, que faz o bem e o mal, primo e preferido de monsenhor de Louvois. Esse ministro tem duas almas, o senhor de Saint-Pouange é uma delas; a senhora Du Beloy, a outra. Esta, porém, não se encontra agora em Versalhes. Só lhe resta dobrar o protetor que lhe indico.

A bela Saint-Yves, dividida entre um pouco de alegria e dores intensas, entre alguma esperança e tristes temores, perseguida pelo irmão, adorando o seu amado, enxugando as lágrimas e vertendo-as de novo, trêmula, enfraquecida e recobrando ânimo, correu depressa para junto do senhor de Saint-Pouange.

Capítulo XIV
Progressos do espírito do Ingênuo

O Ingênuo fazia rápidos progressos nas ciências e, sobretudo, na ciência do homem. Esse rápido desenvolvimento de seu espírito era devido à sua educação selvagem, bem como à têmpera de sua alma, pois, nada tendo aprendido na infância, não havia aprendido preconceitos. Seu entendimento, não tendo sido curvado pelo erro, permanecera em toda a sua retidão. Via as coisas como são, ao passo que as ideias que nos inculcam na infância fazem com que as vejamos, durante toda a vida, como não são.

— Seus perseguidores são abomináveis, — dizia a seu amigo Gordon. - Lamento que o oprimam, mas também lamento que seja jansenista. Toda seita me parece uma conexão com o erro. Diga-me se há seitas em geometria?

— Não, meu querido filho,- disse, suspirando, - o bom Gordon. Todos os homens estão de acordo sobre a verdade quando ela é demonstrada, mas estão muito divididos quanto às verdades obscuras.

— Seria melhor dizer as falsidades obscuras. Se houvesse uma única verdade oculta nesse montão de argumentos que se repisam há tantos séculos, sem dúvida, a teriam descoberto. E o universo estaria de acordo ao menos nesse ponto. Se essa verdade fosse necessária como o sol o é para a terra, seria brilhante como ele. É um absurdo, é um ultraje ao gênero humano, é um atentado contra o Ser infinito e supremo dizer: "Há uma verdade essencial ao homem, e Deus a ocultou."

Tudo o que dizia esse jovem ignorante, instruído pela natureza, causava profunda impressão no espírito do velho sábio desafortunado.

— Será mesmo verdade, - exclamava, - que eu me tenha tornado um infeliz por causa de quimeras? Tenho muito mais certeza de meu infortúnio do que da graça eficaz. Consumi meus dias raciocinando sobre a liberdade de Deus e do gênero humano, mas perdi a minha. Nem Santo Agostinho nem São Próspero me tirarão do abismo em que caí.

O Ingênuo, entregue a sua maneira de ser, disse enfim:

— Quer que lhe fale com ousada confiança? Aqueles que se deixam perseguir por essas vis disputas da escola me parecem pouco sensatos. Aqueles que perseguem me parecem monstros.

Os dois cativos estavam de acordo sobre a injustiça de seu cativeiro.

– Sou mil vezes mais digno de lástima que você, - dizia o Ingênuo. - Nasci livre como o ar. Tinha duas vidas, a liberdade e o objeto de meu amor. As duas me são tiradas. Aqui estamos os dois acorrentados, sem saber o motivo e sem poder perguntar. Vivi vinte anos como huron. Dizem que os hurões são bárbaros porque se vingam de seus inimigos, mas jamais oprimiram seus amigos. Mal pus os pés na França, derramei meu sangue por ela. Salvei talvez uma província e, como recompensa, fui jogado neste túmulo de vivos, onde teria morrido de raiva sem você. Então não há leis neste país? Condenam os homens sem ouvi-los! Na Inglaterra não é assim. Ah! não era contra os ingleses que devia lutar!

Assim a nascente filosofia era incapaz de dominar a natureza ultrajada no primeiro dos seus direitos, deixando livre curso à sua justa cólera.

Seu companheiro não o contradisse. A ausência sempre aumenta o amor que não é satisfeito, e a filosofia não o diminui. Falava tão seguidamente de sua querida Saint-Yves como de moral e de metafísica. Quanto mais se depuravam seus sentimentos, mais ele amava. Leu alguns novos romances; encontrou poucos que lhe pintassem seu estado de alma. Sentia que seu coração ia sempre para além daquilo que lia.

– Ah! - dizia. - Quase todos esses autores só têm espírito e arte.

Por fim, o bom do padre jansenista se tornava insensivelmente confidente de sua ternura. Antes, só conhecia o amor como um pecado de que a gente se acusa na confissão. Aprendeu a conhecê-lo como um sentimento tão nobre como delicado, que pode elevar a alma como enlanguescê-la e, algumas vezes, até mesmo produzir virtudes. Enfim, como derradeiro prodígio, um huron convertia um jansenista.

Capítulo XV

A bela Saint-Yves resiste a propostas delicadas

A bela Saint-Yves, mais apaixonada ainda que seu namorado, foi ter com o senhor de Saint-Pouange, em companhia da amiga que a hospedava, ambas ocultas em seus xales. A primeira pessoa que viu à porta foi o padre de Saint-Yves, seu irmão, que estava saindo. Assustou-se, mas a devota amiga a tranquilizou.

— Precisamente porque falaram contra a senhorita é que é preciso que fale. Fique certa de que neste país os acusadores sempre têm razão, se a gente não se apressa em confundi-los. De resto, sua presença, ou me engano redondamente, causará maior efeito que as palavras de seu irmão.

Por pouco que a gente a encoraje, uma mulher apaixonada se torna intrépida. A Saint-Yves apresenta-se à audiência. Sua juventude, seus encantos, seus ternos olhos, banhados por algumas lágrimas, atraíram todos os olhares. Cada cortesão do vice-ministro esqueceu por um momento o ídolo do poder para contemplar aquele da beleza. Saint-Pouange pediu-lhe que entrasse num gabinete. Ela falou com ternura e graça. Saint-Pouange ficou comovido. Ela tremia, ele a tranquilizou.

— Volte esta noite, - lhe disse. - Seus assuntos merecem pensar bem e falar deles com tempo. Aqui há muita gente. As audiências são despachadas muito às pressas. Tenho de lhe falar a fundo de tudo o que lhe diz respeito.

A seguir, depois de elogiar sua beleza e seus sentimentos, recomendou-lhe que voltasse às sete horas da noite.

Não faltou ao compromisso. A devota amiga a acompanhou novamente, mas ficou na sala, lendo o *Pedagogo Cristão*, enquanto Saint-Pouange e a bela Saint-Yves se encontravam no gabinete contíguo.

— Acredita que seu irmão veio me pedir uma carta com sinete contra a senhorita? Na verdade, de bom grado expediria uma para mandá-lo de volta à Baixa Bretanha.

— Ah! senhor, há muita liberalidade, portanto, em seus gabinetes com essas cartas, para venham a ser solicitadas do fundo do reino, como pensões. Longe de mim pedir uma contra meu irmão. Tenho muitas queixas dele, mas respeito a liberdade dos homens. Peço a de um homem a quem quero desposar, de um homem a quem o rei deve a conservação de uma província, que pode servi-lo utilmente e que é filho de um oficial morto a seu serviço. De que é acusado? Como puderam tratá-lo tão cruelmente, sem ouvi-lo?

O vice-ministro lhe deu então a carta do jesuíta espião e aquela do pérfido magistrado.

— Como! Há desses monstros na terra? E querem me forçar a desposar o ridículo filho de um homem ridículo e mau! E é com essas informações que se decide aqui o destino dos cidadãos!

Prostrou-se de joelhos, pediu entre soluços a liberdade do bravo que a adorava. Seu charme, nesse estado, se evidenciou com maior brilho. Estava tão linda, que Saint-Pouange, perdendo qualquer escrúpulo, insinuou-lhe que ela havia de conseguir tudo se começasse por lhe dar as primícias do que reservava a seu noivo. A Saint-Yves, apavorada e confusa, fingiu muito tempo não compreendê-lo. Foi preciso explicar-se mais claramente. Uma palavra largada a princípio com certa reserva provocava outra mais forte, seguida de uma terceira mais expressiva. Não apenas a revogação da carta lhe foi oferecida, mas recompensas, dinheiro, honrarias, posições. E, quanto mais ele prometia, mais aumentava o desejo de não ser recusado.

A Saint-Yves chorava, sentia-se sufocada, meio caída num sofá, mal acreditando no que via e no que ouvia. Saint-Pouange, por sua vez, se pôs a seus pés. Atrativos não lhe faltavam e bem poderia não espantar um coração menos prevenido, mas Saint-Yves adorava seu namorado e julgava um crime horrível traí-lo para o servir. Saint-Pouange redobrava os pedidos e as promessas. Por fim, ficou tão alucinado a ponto de declarar que era aquele o único meio de tirar da prisão o homem pelo qual ela tinha um interesse tão violento e tão apaixonado. O estranho encontro se prolongava indefinidamente. A devota da antecâmara, lendo seu *Pedagogo Cristão*, pensava: "Meu Deus! Que podem estar fazendo há duas horas? Nunca monsenhor de Saint-Pouange deu uma audiência tão longa. Talvez tenha recusado tudo a essa pobre moça, visto que continua suplicando."

Finalmente sua companheira saiu do gabinete contíguo, totalmente desnorteada, sem poder falar, refletindo profundamente sobre o caráter dos grandes e dos semigrandes que tão levianamente sacrificam a liberdade dos homens e a honra das mulheres.

Não disse palavra durante todo o caminho. Chegando à casa da amiga, desabafou e contou-lhe tudo. A devota fez grandes sinais da cruz.

— Minha querida amiga, devemos consultar amanhã mesmo o padre Tout-à-tous, nosso diretor. Goza de grande prestígio junto do senhor de Saint-Pouange. Confessa várias criadas de sua casa, é um homem piedoso e complacente, que também orienta senhoras de qualidade. Abandone-se a ele, é assim que costumo fazer e sempre me dei muito bem agindo dessa maneira. Nós, pobres mulheres, temos necessidade de ser conduzidas por um homem.

— Pois bem, minha querida amiga, amanhã irei falar com o padre Tout-à-tous.

Capítulo XVI

Ela consulta um jesuíta

Logo que a bela e desolada Saint-Yves se encontrou com seu bom confessor, contou-lhe que um homem poderoso e voluptuoso lhe propunha tirar da prisão aquele a quem ela deveria desposar legitimamente e que lhe pedia um alto preço por seu serviço; que semelhante infidelidade lhe causava horrível repugnância e que, se apenas se tratasse de sua própria vida, preferiria perdê-la a sucumbir.

– Que abominável pecador! - lhe disse o padre Tout-à-tous. - Deveria até mesmo revelar-me o nome desse vilão. Sem a menor dúvida, é algum jansenista. Eu o denunciarei a Sua Reverendíssima o padre de La Chaise que mandará encerrá-lo no calabouço onde se encontra agora a amável pessoa que a senhorita deve desposar.

A pobre moça, depois de longo embaraço e muitas hesitações, revelou enfim o nome de Saint-Pouange.

– Monsenhor de Saint-Pouange! - exclamou o jesuíta. - Ah! minha filha, isso é outra coisa. Ele é primo do maior ministro que jamais tivemos, homem de bem, protetor da boa causa, bom cristão. Não pode ter tido tal pensamento. Com certeza a senhorita entendeu mal.

– Ah! padre, entendi muito bem! Qualquer coisa que eu faça, estou perdida. Só tenho a escolha da desgraça e da vergonha: meu amado há de ficar sepultado vivo ou terei de me tornar indigna de viver. Não posso deixá-lo morrer e não posso salvá-lo.

O padre Tout-à-tous tratou de acalmá-la com estas doces palavras: "Primeiramente, minha filha, nunca diga a expressão *meu amado*. Há qualquer coisa de mundano que poderia ofender a Deus. Diga *meu marido*, pois, embora ainda não o seja, considera-o como tal, e nada é mais decente.

"Em segundo lugar, embora seja seu esposo em pensamento, na esperança, não o é de fato. Assim, não cometeria adultério, pecado enorme que é preciso sempre evitar, na medida do possível.

"Em terceiro lugar, as ações não têm malícia de culpa quando a intenção é pura, e nada é mais puro que libertar seu marido.

"Em quarto lugar, existem, na santa Antiguidade, alguns exemplos que podem servir maravilhosamente para sua conduta. Santo Agostinho relata que, sob o proconsulado de Septimius Acindynus, no ano 340 de nossa salvação, um pobre homem, não podendo pagar a César o que pertencia a César, foi condenado à morte, como é justo, apesar da máxima: *Onde não há nada, o rei perde os seus direitos*. Tratava-se de uma libra de ouro. O condenado tinha uma esposa a quem Deus cumulara de beleza e prudência. Um velho ricaço prometeu dar à mulher uma libra de ouro, e até mais, sob a condição de praticar com ela o pecado imundo. A dama julgou não cometer mal algum ao salvar a vida do marido. Santo Agostinho aprova com ênfase sua generosa resignação. É verdade que o velho ricaço a enganou e talvez o marido não tenha deixado de ir para a forca, mas a esposa fizera tudo o que estava a seu alcance para salvar-lhe a vida.

"Esteja certa, minha filha, de que, quando um jesuíta cita Santo Agostinho, é preciso que esse santo esteja mesmo com a razão. Não lhe aconselho nada. Você é sensata. Deve-se presumir que saberá ser útil a seu marido. Monsenhor de Saint-Pouange é um homem honrado, não a enganará. É tudo o que lhe posso dizer. Rezarei a Deus pela senhorita e espero que tudo se passará para a maior glória de Deus."

A bela Saint-Yves, não menos estarrecida com essas palavras do que com as propostas do vice-ministro, voltou transtornada para a casa de sua amiga. Sentia-se tentada a livrar-se, pela morte, do horror de deixar num horrendo cativeiro o namorado que adorava e da vergonha de libertá-lo à custa do que ela possuía de mais caro e que só devia pertencer àquele desafortunado amante.

Capítulo XVII

Ela sucumbe por virtude

Pedia à amiga que a matasse, mas essa mulher, não menos indulgente que o jesuíta, falou-lhe com mais clareza ainda.

– Ai! - disse. - Os negócios não se arranjam de outra maneira nesta Corte tão amável, tão galante e tão famosa. Os lugares mais medíocres e os mais consideráveis muitas vezes não foram concedidos senão pelo preço que exigem da senhorita. Escute, você me inspirou amizade e confiança. Confesso que, se me houvesse mostrado tão difícil como você, meu marido não teria o pequeno cargo de que vive. Ele o sabe e, longe de se zangar com isso, vê em mim sua benfeitora e considera-se criatura minha. Pensa que todos aqueles que estiveram à testa das províncias, ou mesmo dos exércitos, tenham devido as honrarias e a fortuna unicamente a seus serviços? Há os que o devem às senhoras suas esposas. As dignidades da guerra foram solicitadas pelo amor e o lugar concedido ao esposo da mais bela. A senhorita está numa situação muito mais interessante. O objetivo é libertar seu noivo e desposá-lo. Trata-se de um dever sagrado que é preciso cumprir. Ninguém censurou as belas e grandes damas de quem lhe falo. Você será aplaudida e dirão que você só se permitiu uma fraqueza por excesso de virtude.

— Ah! que virtude! - exclamou a bela Saint-Yves. - Que labirinto de iniquidades! Que país! E como aprendo a conhecer os homens! Um padre de La Chaise e um magistrado ridículo mandam meu namorado para a prisão, minha família me persegue, só me estendem a mão na desgraça, para me desonrar. Um jesuíta condenou um bravo, outro jesuíta quer minha perdição. Estou cercada de armadilhas e me aproximo do momento de cair na miséria! Devo matar-me ou ir falar com o rei. Eu me jogarei a seus pés quando estiver passando para ir à missa ou ao teatro.

— Não deixarão que se aproxime dele, - disse-lhe a boa amiga. - E, se tivesse a infelicidade de falar, monsenhor de Louvois e o padre de La Chaise poderiam enterrá-la no fundo de um convento para o resto de seus dias.

Enquanto essa simpática pessoa aumentava desse modo as perplexidades dessa alma desesperada e afundava o punhal em seu coração, chega um enviado do senhor de Saint-Pouange, com uma carta e dois belos brincos. Saint-Yves recusou tudo chorando, mas a amiga se encarregou disso.

Logo que o mensageiro partiu, nossa confidente leu a carta, na qual consta o convite de um singelo jantar naquela mesma noite para as duas amigas. Saint-Yves jura que não irá. A devota procura fazer com que ela prove os brincos de diamante. Saint-Yves não podia tolerar isso e lutou o dia inteiro. Por fim, só tendo em vista o amado, vencida, arrastada, sem saber para onde a levam, deixa-se conduzir ao jantar fatal. Nada pudera levá-la a usar os brincos. A confidente os levou consigo e, contra sua vontade, colocou-os antes que se sentassem à mesa. Saint-Yves estava tão confusa, tão perturbada, que se deixava atormentar, e o anfitrião via nisso um presságio bem favorável. Perto do final do jantar, a amiga se retirou discretamente. Saint-Pouange mostrou então a revogação da carta, o certificado de uma considerável gratificação, o da concessão de uma companhia e não poupou promessas.

— Ah! - disse-lhe Saint-Yves, - como o amaria se o senhor não quisesse ser amado tanto!

Finalmente, depois de uma longa resistência, depois de soluços, gritos, lágrimas, enfraquecida pela luta, transtornada, desfalecendo, teve de render-se. Não teve outro recurso senão prometer a si mesma que só pensaria no Ingênuo, enquanto o cruel desfrutasse impiedosamente da necessidade a que se via reduzida.

Capítulo XVIII
Ela liberta seu amado e um jansenista

Ao clarear do dia, voa para Paris, munida da ordem do ministro. É difícil descrever o que se passava em seu coração durante essa viagem. Imagine-se uma alma virtuosa e nobre, humilhada com seu opróbrio, embriagada de paixão, dilacerada pelos remorsos de ter traído seu amado, repleta de alegria por libertar aquele a quem adora! Suas amarguras, suas lutas, seu triunfo compartilhavam de todas as suas reflexões. Não era mais aquela jovem simples a quem uma educação provinciana acanhara as ideias. O amor e a desgraça a tinham formado. O sentimento havia feito tantos progressos nela como a razão os fizera no espírito de seu desventurado noivo. As moças aprendem a sentir com muito mais facilidade que os homens aprendem a pensar. Sua aventura era mais instrutiva que quatro anos de convento.

Seu traje era de uma simplicidade extrema. Considerava com horror os adereços com que se apresentara a seu funesto benfeitor. Havia deixado os brincos de diamante para a companheira, sem ao menos dignar-se olhá-los. Confusa e encantada, idolatrando o Ingênuo e odiando a si mesma, chega enfim à porta

Desse horrível castelo, palácio da vingança,
Que freqüentemente aprisionou o crime e a inocência.

Quando foi para descer da carruagem, faltaram-lhe as forças. Tiveram de ajudá-la. Entrou, com o coração palpitante, os olhos úmidos, o semblante consternado. Apresentam-na ao governador. Ela quer falar-lhe, sua voz some. Mostra sua ordem, articulando a custo algumas palavras. O governador gostava de seu prisioneiro. Mostrou-se muito satisfeito com sua libertação. Seu coração não estava endurecido como o de alguns honrados carcereiros, seus confrades, que, só pensando na retribuição ligada à guarda dos detentos, baseando suas rendas em suas vítimas e vivendo da desgraça alheia, sentiam em segredo uma horrenda alegria com as lágrimas dos desafortunados.

Mandou trazer o prisioneiro a seu gabinete. Os dois namorados cruzam os olhares e ambos desmaiam. A bela Saint-Yves permaneceu longo tempo sem movimento e sem vida. O outro logo recobrou os sentidos.

– Pelo que vejo, é a senhora sua esposa, - disse-lhe o governador. - Não me havia dito que era casado. Sei que é à sua generosa interferência que deve sua liberdade.

– Ah! eu não sou digna de ser sua esposa, - disse a bela Saint-Yves com voz trêmula e desmaiou novamente.

Quando recobrou os sentidos, apresentou, sempre trêmula, o certificado da gratificação e a promessa por escrito de uma companhia. O Ingênuo, tão espantado como enternecido, despertava de um sonho para cair em outro.

– Por que fui encerrado aqui? Como pôde libertar-me? Onde estão os monstros que me perseguiram? Você é uma divindade descida do céu em meu auxílio.

A bela Saint-Yves baixava o olhar, fitava o amado, corava e logo desviava os olhos banhados em lágrimas. Contou finalmente tudo o que sabia e tudo o que havia passado, exceto aquilo que desejaria ocultar a si mesma para sempre e que qualquer outro que não o Ingênuo, mais acostumado ao mundo e mais a par dos costumes da Corte, teria logo adivinhado.

– Será possível que um miserável como esse magistrado tenha tido o poder de tirar-me a liberdade? Ah! bem vejo que com os homens acontece o mesmo que com os mais desprezíveis animais: todos podem causar dano. Mas será possível que um monge, um jesuíta confessor do rei, tenha contribuído para meu infortúnio tanto quanto o magistrado, sem que eu possa imaginar sob que pretexto me perseguiu esse detestável tratante? Fez-me passar por jansenista? E como, mas, como se lembrou de mim? Eu não o merecia, eu não passava então de um selvagem. E mais, pôde, sem conselho, sem auxílio, empreender a viagem até Versalhes! Lá você apareceu e romperam-se minhas cadeias! Há, pois, na beleza e na virtude um invencível encanto que faz tombar as portas de ferro e abrandar os corações de bronze!

A essa palavra, *virtude*, escaparam soluços à bela Saint-Yves. Não sabia o quanto era virtuosa no crime de que se acusava.

O amado assim continuou:

— Anjo, você que rompeu meus grilhões, se teve bastante influência (o que eu ainda não compreendo) para obrigar a me fazerem justiça, intercede para que também a façam a um velho que me ensinou a pensar, como você me ensinou a amar. A calamidade nos uniu. Amo-o como a um pai, não posso viver sem você nem sem ele.

— Eu! que eu vá pedir ao mesmo homem que...!

— Sim, quero dever tudo a você e não quero em momento algum dever nada senão a você. Escreva a esse homem poderoso, cumule-me de seus benefícios, termine o que começou, complete seus prodígios.

Ela sentia que devia fazer tudo o que seu amado exigia. Quis escrever, a mão não obedecia. Três vezes começou a carta, três vezes a rasgou. Finalmente conseguiu escrevê-la, e os dois namorados se retiraram, depois de ter abraçado o velho mártir da graça eficaz.

A feliz e desolada Saint-Yves sabia onde morava o irmão. Para lá se dirigiu. Seu amado instalou-se num apartamento na mesma casa.

Mal haviam chegado, seu protetor enviou-lhe a ordem de soltura de Gordon e marcou um encontro com ela para o dia seguinte. Assim, a cada ação honesta e generosa que praticava, sua desonra era o preço. Odiava e execrava esse costume de vender a desgraça e a felicidade dos homens. Entregou a ordem de soltura a seu amado e recusou o encontro com um benfeitor que não podia mais sem morrer de dor e de vergonha. O Ingênuo só poderia separar-se dela para ir libertar um amigo. Voou para lá. Cumpriu esse dever, refletindo sobre os estranhos acontecimentos deste mundo e admirando a corajosa virtude de uma moça, a quem dois infelizes deviam mais que a vida.

Capítulo XIX

O Ingênuo, a bela Saint-Yves e seus parentes se reúnem

A generosa e respeitável infiel estava com o seu irmão, o padre de Saint-Yves, com o bom prior da Montanha e com a dama de Kerkabon. Todos estavam igualmente surpresos, mas suas situações e seus sentimentos eram bem diferentes. O padre de Saint-Yves chorava suas culpas aos pés da irmã, que o perdoava. O prior e sua terna irmã também choravam, mas de alegria. O ignóbil magistrado e seu insuportável filho não perturbavam a comovedora cena. Tinham partido aos primeiros rumores da libertação de seu inimigo; corriam para sepultar na província sua tolice e seu temor.

Os quatro personagens, agitados por centenas de emoções diversas, esperavam que o jovem voltasse com o amigo a quem fora libertar. O padre de Saint-Yves não ousava erguer os olhos diante da irmã. A boa Kerkabon dizia:

— Tornarei a ver meu querido sobrinho.

— Há de revê-lo, - disse a encantadora Saint-Yves, - mas não é mais o mesmo homem. Seu porte, seu tom, suas ideias, seu espírito, tudo está mudado. Tornou-se tão respeitável quanto era ingênuo e estranho a tudo. Ele será a honra e o consolo de sua família. Que eu pudesse também ser a honra da minha!

— Você tampouco é a mesma,- disse o prior. - Que foi que houve que provocou em você tamanha mudança?

No meio dessa conversa, o Ingênuo chega, trazendo pela mão seu jansenista. A cena então adquire maior novidade e interesse. Começou pelos ternos abraços do tio e da tia. O padre de Saint-Yves quase se punha de joelhos diante do Ingênuo, que não era mais o *Ingênuo*. Os dois namorados falavam-se com olhares que exprimiam todos os sentimentos que os dominavam. No rosto de um brilhava a satisfação, o reconhecimento; nos olhos de outro, ternos e preocupados, transparecia o embaraço. Temiam que ela pudesse mesclar dor a tanta alegria.

O velho Gordon, em poucos instantes, tornou-se caro a toda a família. Tinha sido infeliz com o jovem prisioneiro e isso era um grande título. Devia sua libertação aos dois namorados e isso bastava para reconciliá-lo com o amor. A rigidez de suas antigas convicções afastava-se de seu coração. Transformara-se em homem, como o huron. Cada um contou suas aventuras antes do jantar. Os dois padres e a tia escutavam como crianças que ouvem histórias de fantasmas e como humanos que se interessavam todos por tantas desgraças.

— Ah! - dizia Gordon, - há provavelmente mais de quinhentas pessoas virtuosas que se encontram agora nas mesmas cadeias que a senhorita de Saint-Yves quebrou. Suas desgraças são desconhecidas. Há muitas mãos para bater na multidão dos infelizes e raramente uma que os socorra.

Essa reflexão tão verdadeira aumentava sua sensibilidade e seu reconhecimento. Tudo duplicava o triunfo da bela Saint-Yves. Todos admiravam a grandeza e firmeza de sua alma. À admiração juntava-se esse respeito que a gente, sem querer, dedica à pessoa com influência na Corte. Mas o padre de Saint-Yves pensava, às vezes: "Que terá feito minha irmã para conseguir tão depressa todo esse prestígio?"

Iam sentar-se à mesa, quando chega a boa amiga de Versalhes, sem nada saber do que se passara. Vinha numa carruagem de seis cavalos e bem se via a quem pertencia o veículo. Entra com o ar imponente de uma pessoa da Corte que tem grandes preocupações, saúda superficialmente o grupo e, chamando à parte a bela Saint-Yves, pergunta:

— Por que se fazer esperar tanto? Siga-me. Aqui estão os diamantes que esqueceu.

Não pôde dizer essas palavras tão baixo que o Ingênuo não as ouvisse. Ele viu os diamantes. O irmão ficou embaraçado. O tio e a tia apenas experimentaram uma surpresa de boas criaturas que jamais haviam contemplado tal magnificência. O jovem, que amadurecera num ano de reflexões, não deixou de refletir, malgrado seu, e pareceu perturbar-se por um momento. Sua amada percebeu. Uma palidez mortal se espalhou em seu belo rosto, um tremor se apoderou dela e mantinha-se em pé a custo.

— Ah! - disse à fatal amiga. - Tu me perdeste! Tu me matas!

Estas palavras traspassaram o coração do Ingênuo, mas já tinha aprendido a conter-se. Nada disse, com receio de inquietar a noiva diante do irmão, mas empalideceu como ela.

A St. Yves, transtornada pela alteração que via no rosto do Ingênuo, arrasta a amiga para um corredor e joga-lhe os diamantes aos pés:

— Ah! não foram esses diamantes que me seduziram, bem o sabes, mas aquele que os deu nunca mais me tornará a ver.

Enquanto a amiga os recolhia, a Saint-Yves acrescentava:
— Que ele os retome ou que os dê a ti. Vai embora, não me faças ter ainda maior vergonha de mim mesma.

A mensageira finalmente foi embora, sem compreender os remorsos de que era testemunha.

A bela Saint-Yves, deprimida, experimentando em seu corpo uma revolução que a sufocava, foi obrigada a se recolher no leito. Mas, para não alarmar ninguém, nada falou do que sentia e, pretextando apenas cansaço, pediu licença para repousar. Fez isso somente depois de serenar o grupo com palavras tranquilizadoras e afetuosas e de dirigir ao amado olhares que incendiavam sua alma.

O jantar, que ela não animava, foi triste no princípio, mas dessa interessante tristeza que induz a conversas pertinentes e úteis, tão superiores a essa frívola alegria que todos procuram e que não passa, em geral, de um inoportuno rumor.

Gordon traçou em poucas palavras a história do jansenismo e do molinismo, das perseguições com que uma facção afligia a outra e da irredutibilidade de ambos. O Ingênuo fez-lhes a crítica e lamentou os homens que, não satisfeitos com tantas discórdias que seus interesses provocam, arranjam novos males procedentes de interesses quiméricos e de absurdos ininteligíveis. Gordon narrava, o outro julgava. Os convivas ouviam com emoção e se esclareciam com novas luzes. Falaram da extensão de nossos infortúnios e da brevidade da vida. Observaram que cada profissão tem um vício e um perigo que lhe são peculiares e que, desde o príncipe até o último dos mendigos, tudo parece acusar a natureza. Como se encontram tantos homens que, por tão pouco dinheiro, se tornam perseguidores, satélites, carrascos dos outros homens? Com que desumana indiferença um homem de posição assina a destruição de uma família e com que bárbara alegria os mercenários a executam!

— Na minha mocidade, - disse o bom Gordon, - conheci um parente do marechal Marsillac que, perseguido em sua província por causa daquele ilustre malvado, ocultava-se em Paris sob um nome falso. Era um velho de setenta e dois anos. Acompanhava-o a esposa, mais ou menos da mesma idade. Haviam tido um filho libertino que, aos quatorze anos, fugira da casa paterna. Soldado, depois desertor, passara por todos os graus da libertinagem e da miséria. Finalmente, sob outro nome, entrara para a guarda do cardeal Richelieu (pois esse padre, como Mazarino, tinha guardas). Obtivera um bastão de ajudante nessa companhia de subalternos. Esse aventureiro foi encarregado de prender o casal de velhos, desincumbindo-se com toda a dureza de um homem desejoso de agradar a seu amo. Enquanto os conduzia, ouviu as duas vítimas deplorarem a longa sequência de males que haviam experimentado desde o berço. O pai e a mãe contavam entre seus maiores infortúnios os desmandos e a perda do filho. Reconheceu-os, mas nem por isso deixou de conduzi-los à prisão, assegurando-lhes que, acima de tudo, Sua Eminência devia ser servida de preferência. Sua Eminência recompensou seu zelo. Vi um espião do padre de La Chaise trair o próprio irmão, na esperança de um pequeno benefício, que não obteve. Vi-o morrer, não de remorsos, mas de dor por ter sido enganado pelo jesuíta. O cargo de confessor, que por longo tempo exerci, levou-me a conhecer o íntimo das famílias. Não vi quase nenhuma que não estivesse mergulhada na amargura, muito em público, colocando a máscara da felicidade, aparentasse nadar na alegria. Sempre notei que os grandes desgostos eram fruto de nossa cobiça desenfreada.

– Quanto a mim, - disse o Ingênuo, - penso que uma alma nobre, reconhecida e sensível pode viver feliz. Conto realmente em poder desfrutar de uma felicidade sem dissabores com a bela e generosa Saint-Yves, pois espero – acrescentou, dirigindo ao irmão dela um amistoso sorriso – que o senhor não o impedirá, como no ano passado, e garanto que me comportarei com mais decência.

O padre se desmanchou em desculpas quanto ao passado e em protestos de uma proximidade eterna.

O tio Kerkabon disse que seria aquele o mais belo dia da sua vida. A boa tia, extasiada e chorando de alegria, exclamava:

– Bem lhe dizia que você nunca haveria de ser subdiácono! Este sacramento vale mais que o outro. Prouvera a Deus que eu fosse honrada com ele! Em todo caso, lhe servirei de mãe.

E cada um se esmerava em elogiar a adorável Saint-Yves.

O amado tinha o coração totalmente repleto por tudo aquilo que a Saint-Yves havia feito por ele e a amava muito para que a aventura dos diamantes pudesse causar em seu coração uma impressão oposta. Mas essas palavras que não deixara de ouvir, *tu me causas a morte*, ainda o aterravam secretamente e corrompiam toda a sua alegria, enquanto os elogios à sua bela namorada aumentavam ainda mais seu amor. Mas agora só se falava dela, só se falava da felicidade que os dois amantes mereciam. Combinavam como viver todos juntos em Paris, faziam projetos de fortuna e de engrandecimento, entregavam-se a todas essas esperanças que o mínimo lampejo de felicidade faz brotar com tamanha facilidade. Mas o Ingênuo, no fundo de seu coração, experimentava um sentimento que repelia essa ilusão. Relia as promessas assinadas por Saint-Pouange e as nomeações assinadas por Louvois. Descreveram-lhe esses homens tais como eram ou como julgavam que fossem. Todos se referiram aos ministros e ao ministério com essa liberdade da mesa, considerada na França como a mais preciosa liberdade que se possa gozar na terra.

– Se eu fosse rei da França, - disse o Ingênuo, - escolheria o ministro da guerra desse modo: haveria de ser um homem do mais alto nascimento, pela simples razão que dá ordens à nobreza. Exigiria que ele próprio tivesse sido oficial, que tivesse passado por todos os postos, que tivesse sido pelo menos tenente-general do exército e digno de ser marechal da França, pois não é necessário ter servido ele próprio para melhor conhecer todos os detalhes do serviço? E os oficiais não obedeceriam com centenas de vezes mais disposição a um militar que tivesse, como eles, se destacado pela coragem, do que a um homem de gabinete que, quando muito, só pode adivinhar as operações de uma campanha, por mais inteligente que pudesse ser? Não me incomodaria se meu ministro fosse generoso, embora isso, às vezes, embaraçasse um pouco meu tesoureiro real. Gostaria que trabalhasse com facilidade e que se distinguisse por essa alegria de espírito, privilégio de um homem superior ligado aos negócios de Estado, tão do agrado da nação e que torna todos os deveres menos penosos.

Desejava que um ministro tivesse esse caráter, porque sempre notara que o bom humor é incompatível com a crueldade.

Monsenhor de Louvois talvez não se agradasse dos desejos do Ingênuo. Tinha outra espécie de mérito.

Mas enquanto estavam à mesa, a doença da infeliz jovem assumia um caráter funesto. Seu sangue fervia, uma febre devoradora aparecera, sofria, mas não se queixava, para não perturbar a alegria dos convivas.

O irmão, sabendo que ela não dormia, foi até a cabeceira de sua cama. Ficou surpreso com seu estado. Todos acorreram, o noivo em primeiro lugar. Era, sem dúvida, o mais alarmado e comovido de todos, mas aprendera a acrescentar a discrição a todos os felizes dons que lhe prodigalizara a natureza e começava a dominá-lo o sentimento imediato da conveniência.

Mandaram chamar um médico das vizinhanças. Era um desses que visitam os doentes correndo, que confundem a doença que acabam de ver com a que estão examinando, que exercem uma cega rotina numa ciência para a qual nem toda a maturidade de um espírito sadio e compenetrado poderá eliminar seus perigos e suas incertezas. Redobrou a doença com sua precipitação em prescrever um remédio então em moda. Modas até na medicina! Essa mania era muito comum em Paris.

A triste Saint-Yves contribuía ainda mais que o médico em tornar perigosa sua doença. A alma consumia seu corpo. A multidão dos pensamentos que a agitavam vertia em suas veias um veneno mais perigoso que a pior febre.

Capítulo XX

A bela Saint-Yves morre e o que acontece

Chamaram outro médico. Este, em vez de ajudar a natureza e deixá-la agir numa jovem, na qual todos os órgãos se expandiam em vida, só se preocupou em contrariar seu colega. Em dois dias a doença se tornou mortal. O cérebro, que se supõe ser a sede do entendimento, foi tão violentamente atacado quanto o coração que é, dizem, a sede das paixões.

"Que incompreensível mecânica submeteu os órgãos ao sentimento e ao espírito? Como pode uma única ideia dolorosa estragar a circulação do sangue? Como é que o sangue, por sua vez, transfere suas irregularidades ao entendimento humano? Que fluido desconhecido é esse, mas cuja existência é inegável e que, mais rápido, mais ativo que a luz, percorre num piscar de olhos todos os canais da vida, produz as sensações, as lembranças, a tristeza ou a alegria, a razão ou o delírio, evoca com horror o que se desejaria esquecer e faz de um animal pensante um objeto de admiração ou um motivo de piedade e de lágrimas?"

Era o que dizia o bom Gordon. E essa reflexão tão natural, que raramente os homens fazem, em nada lhe afetava a intensa preocupação, pois não era desses malfadados filósofos que se esforçam em mostrar-se insensíveis. Comovia-se com a sorte daquela jovem, como um pai que vê morrer lentamente seu filho querido. O padre de Saint-Yves estava desesperado, o prior e sua irmã derramavam rios de lágrimas. Mas quem poderia descrever o estado de seu amado? Nenhuma língua possui expressões que correspondam àquele auge da dor. As línguas são demasiadamente imperfeitas.

A tia, quase sem vida, sustentava em seus frágeis braços a cabeça da moribunda, o tio estava de joelhos ao pé da cama, o noivo apertava-lhe a mão que banhava de lágrimas e rompia em soluços. Chamava-a sua benfeitora, sua esperança, sua vida, metade de si próprio, sua senhora, sua esposa. A essa palavra esposa, ela suspirou, olhou-o com inexprimível ternura e, de repente, soltou um grito de horror. Depois, num desses intervalos em que a prostração e o enfraquecimento dos sentidos e as dores suspensas deixam à alma toda a sua liberdade e força, ela exclamou:

– Eu! Sua esposa! Ah! meu amado, esse nome, essa felicidade, esse prêmio não eram mais para mim. Eu morro e o mereço. Ó Deus de meu coração! Ó Deus, eu sacrifiquei aos demônios infernais, tudo está acabado, sou punida, e que você possa viver feliz.

Essas apaixonadas e terríveis palavras não podiam ser compreendidas, mas levavam a todos os corações o pavor e a comoção. Ela teve a coragem de explicar-se. Cada palavra fez tremer de espanto, de dor e de piedade todos os assistentes. Todos se uniam para execrar o homem poderoso que só havia reparado uma injustiça com um crime e que havia forçado a mais respeitável inocência a ser sua cúmplice.

– Quem? Você, culpada? - exclamou o noivo. - Não, você não é culpada. O crime só pode estar no coração e seu coração pertence à virtude e a mim.

Ele confirmava esse sentimento com palavras que pareciam trazer novamente à vida a bela Saint-Yves. Sentiu-se consolada e se espantava pelo fato de ser ainda amada. O velho Gordon a teria condenado na época em que era apenas jansenista, mas, tendo-se tornado sábio, estimava-a e chorava.

Em meio a tantas lágrimas e temores, enquanto o perigo daquela jovem tão querida enchia todos os corações, quando tudo era consternação, anunciam uma correspondência da Corte. Uma correspondência! E de quem? E por quê? Era da parte do confessor do rei para o prior da Montanha. Quem escrevia não era o padre de La Chaise, mas o irmão Vadbled, seu criado de quarto, homem muito importante naquela época. Era ele quem comunicava aos arcebispos as decisões do reverendo padre, ele quem dava audiência, quem prometia benefícios, quem expedia, às vezes, as cartas de punição. Escrevia ao prior da Montanha que "Sua Reverendíssima havia sido informado das aventuras de seu sobrinho, o huron, que a prisão deste último fora apenas um engano, que essas pequenas desgraças ocorriam frequentemente, que não se devia dar maior importância e que, enfim, convinha que ele, prior, viesse apresentar-lhe seu sobrinho no dia seguinte, que também devia levar consigo esse Gordon, que ele, irmão Vadbled, os apresentaria a Sua Reverendíssima e a Monsenhor de Louvois, o qual lhes dirigiria uma palavra na sua antecâmara."

Acrescentava que a história do Ingênuo e de seu combate contra os ingleses haviam sido relatados ao rei, o qual certamente se dignaria notá-lo quando passasse pela galeria e talvez lhe fizesse até um aceno com a cabeça. Terminava a carta com a lisonjeira esperança de que todas as damas da Corte se apressariam em chamar o seu sobrinho ao camarim e que várias dentre elas lhe diriam: "Bom dia, senhor Ingênuo". Além disso, que certamente falariam a seu respeito durante o jantar do rei. A carta portava esta assinatura: "Seu afeiçoado Vadbled, irmão jesuíta."

Tendo o prior lido a carta em voz alta, o sobrinho, furioso, e retendo um momento a cólera, nada disse ao portador, mas, voltando-se para seu companheiro de infortúnio, perguntou-lhe o que pensava daquele estilo. Gordon lhe respondeu:

— É exatamente assim que tratam os homens, como se fossem macacos! Batem neles e os fazem dançar.

O Ingênuo, recuperando seu antigo caráter, que volta sempre nas grandes comoções, rasgou a carta em pedaços e jogou-os na cara do portador: "Aí está minha resposta." Seu tio, espantado, julgou ver o raio e vinte cartas de punição caírem sobre sua cabeça. Foi logo escrever, desculpando-se como podia, aquilo que ele considerava como um arroubo de jovem, mas que era o desabafo incontido de uma grande alma.

Entrementes, mais dolorosos cuidados se apoderavam de todos os corações. A bela e infeliz Saint-Yves já sentia aproximar-se o fim. Estava tranquila, mas nessa terrível tranquilidade da natureza exausta, que não tem mais forças para combater.

– Ó meu querido, - disse ela com voz desfalecida, - a morte castiga, me pune por minha fraqueza, mas expiro com o consolo de saber que está livre. Eu o adorei quando o traía, e o adoro dizendo-lhe um eterno adeus.

Não ostentava uma vã firmeza, não tinha essa miserável vaidade de fazer com que alguns vizinhos comentassem: "Ela morreu corajosamente". Quem é que pode perder, aos vinte anos, sem pesar e sofrimento, seu amado, sua vida e aquilo a que chamam a *honra*? Sentia todo o horror de seu estado e fazia-o sentir com essas palavras e com esses olhares moribundos que falam com tanta força. Chorava, enfim, como os outros, nos momentos em que teve forças para chorar.

Procurem outros louvar as mortes faustosas daqueles que entram na destruição com insensibilidade: é a sorte de todos os animais. Só morremos como eles com indiferença, quando a idade ou a doença nos torna semelhantes a eles por causa da estupidez de nossos órgãos. Quem quer que sofra uma grande perda, sente-o imensamente. Se abafa seu pesar, é que leva a vaidade até nos braços da morte.

Chegado o momento fatal, todos os assistentes romperam em lágrimas e gritos. O Ingênuo perdeu os sentidos. As almas fortes têm reações bem mais violentas que as outras quando se comovem. O bom Gordon, que o conhecia muito bem, temia que se matasse, ao voltar a si. Afastaram de seu alcance todas as armas. O infeliz jovem percebeu e disse a seus parentes e a Gordon, sem chorar, sem gemer, sem se comover:

– Pensam então que existe alguém no mundo que tenha o direito e o poder de me impedir que eu acabe com a vida?

Gordon não procurou impingir-lhe esses fastidiosos lugares-comuns com os quais tentam provar que não devemos usar da própria liberdade para deixar a vida quando nos sentimos horrivelmente mal, que não devemos abandonar nossa casa quando esta se torna inabitável e que o homem está na terra como um soldado em seu posto. Como se importasse ao ser dos seres que a reunião de algumas partes de matéria estivesse num lugar ou em outro. Razões impotentes que um desespero firme e refletido desdenha ouvir e às quais Catão só respondeu com um golpe de punhal.

O morno e terrível silêncio do Ingênuo, seus olhos sombrios, seus lábios que tremiam, os frêmitos de seu corpo incutiam, na alma de todos aqueles que o contemplavam, essa mescla de compaixão e de pavor que acorrenta todas as potências da alma, que exclui qualquer discurso e que só se manifesta por frases entrecortadas. A dona da casa e sua família haviam acorrido. Todos tremiam por causa de seu desespero, guardavam-no à vista, observavam todos os seus movimentos. Já o corpo gelado da bela Saint-Yves havia sido transferido para a sala debaixo, longe dos olhos de seu amado, que ainda parecia procurá-la, embora não estivesse em condições de distinguir o que quer que fosse.

No meio desse espetáculo da morte, enquanto o corpo fica exposto à porta da casa e dois padres, ao lado de uma bacia de água benta, recitam orações com ar distraído, enquanto alguns passantes, por ociosidade, jogam algumas gotas de água benta sobre o caixão e outros prosseguem com indiferença seu caminho, enquanto os parentes choram e um noivo está prestes a se matar, chega Saint-Pouange acompanhado da amiga de Versalhes.

Sua passageira inclinação, apenas uma vez satisfeita, transformara-se em amor. A recusa de seus presentes o haviam deixado mordido. O padre de La Chaise jamais teria pensado em ir àquela casa, mas Saint-Pouange, tendo todos os dias diante dos olhos a imagem da bela Saint-Yves, ardendo por aplacar uma paixão que, por um único desfrute, havia traspassado seu coração com o aguilhão do desejo, não hesitou em vir procurar pessoalmente aquela a quem talvez não quisesse rever três vezes, se ela própria tivesse comparecido.

Desce da carruagem. O primeiro objeto que se apresenta a ele é um esquife. Desvia os olhos com esse simples desgosto de um homem alimentado nos prazeres que julga que se deva poupar-lhe todo espetáculo que pudesse levá-lo à contemplação da miséria humana. Faz menção de subir. A mulher de Versalhes pergunta, por curiosidade, a quem vão enterrar. Pronunciam o nome da senhorita de Saint-Yves. A esse nome, ela empalidece e solta um grito pavoroso. Saint-Pouange se volta. A surpresa e a dor enchem sua alma. O bom Gordon estava lá, com os olhos rasos de lágrimas. Interrompe suas tristes orações para narrar ao cortesão toda aquela horrível catástrofe. Fala-lhe com essa força que dão a dor e a virtude. Saint-Pouange não nascera mau. A torrente das intrigas e das diversões havia arrebatado sua alma, que ainda se desconhecia. Não havia atingido a velhice, que geralmente endurece o coração dos ministros. Escutava Gordon, de olhos baixos, e enxugava algumas lágrimas que estava atônito de poder derramar. Conheceu o arrependimento.

— Faço absoluta questão de ver, - disse ele, - esse homem extraordinário de quem me falou. Ele me comove quase tanto como essa inocente vítima cuja morte causei.

Gordon o acompanhou até o quarto onde o prior, a Kerkabon, o padre de Saint-Yves e alguns vizinhos faziam de tudo para reanimar o jovem que desmaiara novamente.

— Causei sua desgraça, - disse-lhe o vice-ministro. - Empregarei o resto de minha vida para repará-la.

A primeira ideia que ocorreu ao Ingênuo foi matá-lo e matar-se depois. Nada mais lógico, mas estava sem armas e vigiado de perto. Saint-Pouange não se chocou com a repulsa, acompanhada da recriminação, desprezo e horror que ele bem merecia e não lhe foram poupados.

O tempo abranda tudo. Monsenhor de Louvois conseguiu finalmente fazer do Ingênuo um excelente oficial que apareceu sob outro nome em Paris e no exército, com o aplauso de todas as pessoas de bem, e que foi ao mesmo tempo um guerreiro e um filósofo intrépido.

— Jamais falava dessa aventura sem gemer. Entretanto, seu consolo era falar dela. Cultuou a memória da terna Saint-Yves até o último momento de sua vida. O padre de Saint-Yves e o prior conseguiram cada um deles um bom benefício. A boa Kerkabon estimou mais ver seu sobrinho nas honrarias militares do que no subdiaconato. A devota de Versalhes ficou com os brincos e recebeu ainda um belo presente. O padre Tout-à-tous ganhou caixas de chocolate, de café, de açúcar-cande, de frutas em compota, com as *Meditações do Reverendo Padre Croiset* e a *Flor dos Santos* encadernados em marroquim. O bom Gordon viveu com o Ingênuo até a morte, na mais íntima amizade. Recebeu também um benefício e esqueceu para sempre a graça eficaz e o concurso concomitante. Tomou por divisa: *A desgraça serve para alguma coisa*. Quanta gente honesta no mundo já pôde dizer: *Desgraça não serve para nada!*

IMPRESSÃO E ACABAMENTO:
Gráfica Oceano